www.b-books.co.kr

울트라 코리아
ULTRA KOREA

1판 1쇄 찍음 2021년 9월 8일
1판 1쇄 펴냄 2021년 9월 16일

지은이 | 정사부
펴낸이 | 정 필
펴낸곳 | (주)뿔미디어

편집장 | 문정흠
기획 · 편집 | 한상덕

출판등록 | 2002년 9월 11일 (제1081-1-132호)
주소 | 경기도 부천시 원미구 소향로17, 303(두성프라자)
전화 | 032)651-6513 팩스 | 032)651-6094
E-mail | bbulmedia@hanmail.net
비북스 | http://b-books.co.kr

값 8,000원

ISBN 979-11-6713-362-5 04810
ISBN 979-11-6565-919-6 04810 (세트)

8
정사부 현대 판타지 장편 소설
울트라 코리아
ULTRA KOREA
BBULMEDIA FANTASY STORY

CoNtEnTs

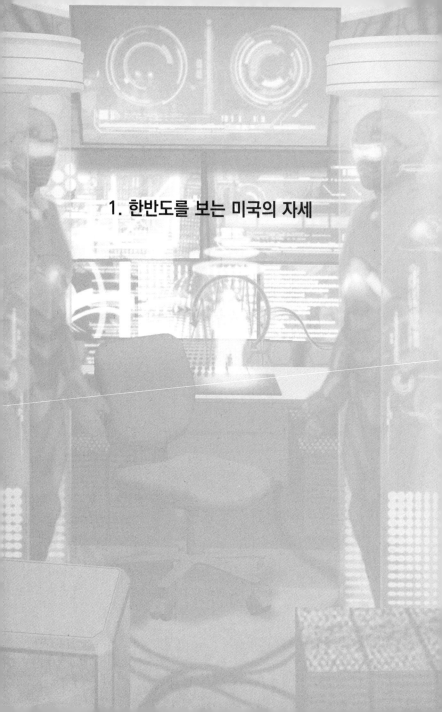

1. 한반도를 보는 미국의 자세

딥페이크 영상의 제작자인 주조민은 거듭된 폭력으로 인해 김국진에게 하나부터 끝까지 모든 것을 털어놓았다.

  사실 그가 회사에서 해고된 이유는 직접 만든 음란물을 동료들과 공유한 것 때문만은 아니었다.

  전직 프로그래머이던 그는 가상 화폐 열풍이 점점 커지는 것에 대해 큰 관심을 가지고 있었다.

  그 덕분에 끝물에 간신히 탑승해 약간이지만 쉽게 돈을 버는 경험을 했다.

  이내 주조민은 더욱 많은 돈을 벌기 위해 회사의 공

금에 손을 대기 시작했다.

이후에 다시 채워 넣기만 하면 문제될 것이 없다고 생각한 것이다.

실제로 몇 달간은 아무런 문제가 없고, 오히려 막대한 돈을 손에 넣을 수 있었다.

그러다 보니 처음엔 무척 어렵게 고민하던 횡령도 너무 자연스러운 일이 되었다.

그렇게 주조민은 무모해져 가고, 심지어 다른 팀의 공금까지 손을 댈 지경에 이르렀다.

그의 범죄 행위는 비트코인이 몰락하며 만천하에 드러났다.

가득 차 있을 때는 보이지 않던 구멍이 빠르게 나타나기 시작한 것이다.

당황한 주조민은 횡령의 증거를 지우려고 노력했지만, 결국 덜미가 잡히고 말았다.

이미 음란물 공유 건으로 경고를 받은 주조민은 이번 사건으로 인해 해고를 통보받았다.

결국 소송까지 치르며 그동안 횡령한 연구비의 몇 배를 배상금으로 토해 내야만 했다.

하지만 회사는 그걸로 끝내지 않고, 업계에 소문을 내서 그가 다시는 프로그래머로 일할 수 없게 만들었다.

결국 그는 꼬박꼬박 저축한 것과 비트코인으로 번 돈 모두를 배상금 지불하는 데 사용해 빈털터리가 되고 말았다.

이후 주조민은 한동안 폐인처럼 술에 의존하며 살았다.

하지만 회사를 다니며 만든 기술과 지식은 남아 있다는 사실을 깨닫고는 다른 쪽으로 눈을 돌리기 시작했다.

처음에는 미튜브에 올릴 만한 영상을 제작하거나 이름을 숨긴 채 외주를 받으며 버텼다.

하지만 생각만큼 돈이 되진 않았다.

그도 그럴 것이, 기술력은 있지만, 사람들을 끌어들일 무언가가 없었기 때문이다.

그러다 우연히 알게 된 것이 바로 딥페이크 영상이었다.

러시아의 악명 높은 블라드미르 대통령이 우스꽝스러운 춤을 추는 짧은 영상의 조회 수가 자신이 제작한 그 어느 영상보다 높았다.

그 순간, 주조민의 머릿속엔 한창 떠오르는 아이돌의 얼굴을 이용한 돈벌이가 떠올랐다.

회사에서 동료들과 자주 만들고 경험해 봐서 익숙할 뿐만 아니라, AI의 도움만 받으면 되기에 그리 어렵지도 않았다.

그 뒤로 몇 차례 시행착오가 있기는 했다.

단순히 연예인의 얼굴을 합성한 영상은 그리 큰 조회수를 이끌어 내지 못했다.

그것뿐만 아니라 협박죄에 의한 고소에 대한 위험성도 있었다.

그래서 주조민은 더욱 음지로 파고들었다.

음란 동영상에 연예인의 얼굴을 씌워 기획사를 상대로 협박하거나 사이트에 올려 돈을 벌기 시작한 것이다.

그렇지만 모든 일에는 인과가 따르기 마련.

그는 수호와 연관이 있는 혜윤을 타깃으로 삼았고, 결국 이 자리까지 오게 된 것이다.

사실 수호는 주조민이 가지고 있는 동영상을 모두 확보한 뒤, 아무도 모르게 그를 처리할 생각을 가지고 있었다.

하지만 그가 가진 기술과 경험이 자신의 계획에 필요할 수도 있다는 슬레인의 조언에 따라 억지로 참은 것뿐이었다.

수호는 그를 순순히 용서할 생각은 손톱만큼도 없다.

그래서 전직 국정원 부장인 김국진에게 지금까지 그

가 해 온 일을 알려 주며 정신교육을 시키라는 지시를 내렸다.

*　　　*　　　*

"수정이니? 혜윤이 좀 바꿔 줄래?"

수호는 모든 문제가 해결된 것을 알려 주기 위해 혜윤에게 전화를 걸었다.

하지만 그녀는 전화를 받지 않았고, 수호는 차선책으로 크리스탈에게 연락했다.

크리스탈은 범인을 잡았다는 소식에 매우 기뻐하며 멤버들에게 소리쳤다.

— 언니들! 그 자식 잡았대!

이윽고 전화기 너머 커다란 환호성이 귓가에 울려 퍼졌다.

이에 수호는 입가에 미소를 지으며 크리스탈을 찾았다.

— 아, 미안해요, 삼촌. 너무 기뻐서 신경을 못 썼네요. 뭐라고 하셨죠? 아! 혜윤 언니.

크리스탈은 혜윤의 방으로 달려가 방문을 두드리며 소식을 전했다.

얼마 지나지 않아 문이 열리고, 수척해진 혜윤이 방

에서 나왔다.

"지금 뭐라고 했어?"

"그 나쁜 놈 잡았대! 수호 삼촌이 말이야!"

혜윤은 한순간에 머릿속이 하얘져 아무런 말도 꺼내지 못했다.

드디어 자신의 억울함이 풀렸다는 데서 오는 안도감 때문이었다.

그리고 더 이상 이런 반강제적인 칩거 생활을 하지 않아도 된다는 데서 오는 기쁨도 들어 있었다.

혜윤의 눈에서 자연스레 눈물이 떨어졌다.

그걸 본 크리스탈과 멤버들 또한 손으로 눈가를 훔쳤다.

하지만 이미 터져 나온 눈물을 막을 방법은 보이지 않았다.

"그런데 수호 삼촌이 해결했다는 게 무슨 말이야? 도대체 어떻게 알고? 혹시 소속사에서 무언가 얘기한 거야?"

마음을 추스르던 혜윤은 문득 수호가 이 사실을 어떻게 알게 된 건지 궁금해졌다.

자신은 분명히 그에게 말하지 말아 달라고 신신당부했기 때문이다.

하지만 누구 하나 할 것 없이 그녀의 시선을 피하기

만 했다.

"저, 크흠, 그게 있잖아……."

크리스탈은 볼을 긁적이며 말끝을 얼버무릴 뿐이었다.

하지만 혜윤은 어떤 일이 일어난 건지 쉽게 눈치챌 수 있었다.

자신이 괴로워하는 걸 보다 못한 멤버들이 수호에게 연락했다는 것을 말이다.

혜윤은 말없이 멤버들을 끌어안았다.

"고마워……."

수호가 휴대전화를 잡고 기다린 지 얼마나 되었을까, 누군가가 다시 전화기를 잡는 소리가 반대편에서 들려왔다.

"여보세요?"

— 저예요, 삼촌. 크리스탈. 기다려 주셔서 감사합니다.

"그래, 혜윤이는 좀 어떠니? 통화할 수 있는 상황이니?"

— 아, 맞다. 잠시만요.

전화기 너머로 혜윤에게 질문하는 크리스탈의 목소리가 작게 들려왔다.

— 삼촌, 언니가 만나고 싶대요. 혹시 와 주실 수 있어요?

"물론이지. 금방 갈게."

수호는 혜윤의 상태도 직접 볼 겸, 우라노스를 타고 플라워즈의 숙소로 찾아갔다.

그녀들의 숙소 앞에 다다른 수호는 혜윤을 기다리며 박인성 부장에게 전화를 걸었다.

"혜윤의 일은 모두 처리했으니, 더는 걱정하지 않으셔도 됩니다. 다만, 앞으로 플라워즈에게 이런 일이 생기면 바로바로 연락해 주기 바랍니다."

박인성 부장은 어떠한 감정도 보이지 않는 수호의 목소리에 긴장을 넘어 두려움마저 느꼈다.

때문에 수호가 하는 말을 조용히 듣고만 있다가 통화 말미에 그렇게 하겠다고 나직이 대답했다.

수호는 전화를 끊고 나서 한숨을 내뱉었다.

이번에 주조민이 벌인 사건으로 인해 수호와 한빛 엔터에는 그동안 보이지 않던 상하 관계가 만들어졌다.

하지만 어쩔 수 없는 노릇이었다.

수호에게 있어서 혜윤은 자신을 구해 준 사람이고, 박인성 부장이나 매니저인 김찬성은 그녀로 인해 생긴 인연에 불과했다.

수호가 한빛 엔터에 투자하고, 플라워즈의 활동에 후

원하는 것 역시 혜윤을 돕기 위해서다.

이 사실을 명확히 해야만 앞으로 비슷한 일이 벌어질 때, 회사가 나서서 그녀의 편을 들어줄 것이다.

그렇게 수호가 박인성에게 경고 아닌 경고를 마쳤을 때, 아파트 출입구에서 나오는 혜윤과 플라워즈 멤버들의 모습이 눈에 들어왔다.

[많이 수척해진 모습입니다.]

수호가 그녀를 발견했을 때, 혜윤도 그의 모습을 보고 있었다.

"제 일로 심려를 끼쳐서 죄송해요."

수호의 앞으로 다가온 혜윤이 무척 미안해하며 사과를 했다.

그 모습이 너무도 안쓰럽던 수호는 그녀의 어깨를 쓰다듬어 주었다.

"아니야. 오히려 그런 일이 있으면 빨리 연락을 했어야지. 왜 미련하게 동생들까지 걱정하게 만들어……."

수호의 말을 들은 혜윤은 눈물을 그렁그렁하게 맺으며 고개를 숙였다.

수호는 그런 그녀를 품에 안아 위로해 주었다.

"수정이는 이번에 아주 잘했어. 다음에도 이런 일이 있으면 바로바로 연락해. 삼촌이 이런 일 처리하는 데 아주 베테랑이다."

수호는 고개를 돌려 크리스탈에게 엄지를 척 들어 보였다.

"네. 다음에 이런 일이 있으면 바로 삼촌에게 연락할게요."

"그래. 그나저나 혜윤이도 그렇고… 너희, 요즘 밥은 제대로 먹고 다니냐? 어휴."

수호의 눈에 들어온 그녀들의 행색은 최고 인기 여자 아이돌 그룹의 모습이라고 하기엔 너무도 초췌해 보였다.

"삼촌, 고기 사 주세요."

"배고파요."

수호의 말이 떨어지기 무섭게 크리스탈을 비롯한 플라워즈 멤버들이 먹이를 기다리는 아기 새처럼 일제히 말하기 시작했다.

"그래. 오랜만에 봤으니 고기 먹으러 가자."

그녀들의 귀여운 요구에 수호도 빙그레 웃으며 고개를 끄덕였다.

다만, 현재 그가 타고 온 것은 우라노스이기에 플라워즈 멤버들을 태울 수 없었다.

"찬성 씨 불러야겠다."

밝아진 혜윤을 보며 기분이 좋아진 수호는 잠깐 얼굴만 보기로 한 계획을 전면 수정했다.

　　　　*　　　　*　　　　*

　그렇게 수호가 개인적인 일을 처리하고 있을 때, 세계는 중국과 북한발 뉴스로 인해 긴장 상태에 돌입하고 있었다.

　그도 그럴 것이, 두 국가가 장사정포 부대를 한국을 목표로 배치했기 때문이다.

　사실 북한의 경우, 잊힐 만하면 이렇게 한 번씩 한국을 도발하기에 그리 큰 이슈는 아니었다.

　하지만 중국의 이러한 행보는 인접국인 대한민국은 물론이고, 전 세계의 이목이 쏠리게 만들었다.

　그 때문에 한때 한국의 주식시장에서 주가가 200포인트 가까이 빠지기도 했다.

　중국은 현재 미국과 갈등하며, 첨예하게 대립하는 중이다.

　그 여파로 미국은 자신들을 도발하는 중국에 해상 봉쇄라는 카드를 들이밀며, 인도, 호주, 그리고 일본과 반중 연합인 쿼드를 결성했다.

　게다가 이에 그치지 않고 계속해서 중국의 위협을 받고 있는 대만까지 이 쿼드에 참여시키려 노력하고 있었다.

대만은 이를 매우 긍정적으로 보고 있는데, 최근에 중국 정부가 무력을 사용해서라도 대만을 통일시키겠다고 천명했기 때문이다.

예전부터 하나의 중국을 표방하며 수시로 압박해 왔지만, 요즘에는 그 야욕을 노골적으로 드러내기 시작했다.

그 증거로 중국의 군용기나 군함이 수시로 대만의 영공과 영해를 넘나들거나, 근처에 병력을 집결시키는 등 주변 지역에 불안감을 조성했다.

위협을 느낀 대만은 미국과 한국으로부터 많은 군용 장비와 무기들을 수입했다.

이에 중국의 입장이 매우 곤란해졌다.

미국이 다른 3개국과 쿼드를 결성할 때, 중국은 이를 큰 문제라 생각하지 않았다.

그들이 꺼낸 카드가 해상 봉쇄라고 하더라도 대만을 통한 무역로가 아직 뚫려 있었기 때문이다.

하지만 대만까지 그 쿼드에 참여한다면, 중국의 해상은 고립되어 버린다.

게다가 쿼드에 참여하지 않은 한국과도 사이가 나빠져 버렸다.

겉으로는 무시하고 있지만, 사실 동북아시아에서 중국에 가장 위험한 것이 한국이었다.

다른 나라야 전쟁이 벌어진다고 하더라도 본토에 상륙하는 과정이 필요하다.

쿼드 중 유일하게 국경을 맞대고 있는 인도의 접경지대는 해발고도가 4,000미터가 넘는 산맥으로 이루어져 있어 쉽게 넘어올 수 없다.

하지만 한국은 아니다.

물론 북한이라는 완충지대가 있지만, 그들이 마음만 먹는다면 순식간에 무너트릴 수 있을 것이다.

그렇게 북한이 뚫리고 나면 바로 평야 지대가 펼쳐지기에, 연합군이 한국을 교두보로 이용한다면 막을 방법이 없다.

또한 상륙 작전이 아무리 힘들다고 해도 한국과 중국은 그걸 무시할 만큼 가까웠다.

육로와 해상을 이용해 동시에 쳐들어온다면 그 둘을 막는데 엄청난 자원을 써야 할 것이다.

때문에 사거리 300킬로미터에 이르는 장사정포 부대를 북해 함대가 있는 산동성에 배치한 것이다.

오로지 한국 해군을 견제하기 위해서 말이다.

너무도 기습적인 중국 정부의 조치에 한국 정부는 항의하였다.

하지만 국제 관계는 강한 자의 의견대로 흐르는 법이라 생각하는 중국은 내정간섭을 하지 말라며 무시할 뿐이었다.

이에 한국 정부는 고민했다.

한국은 아직 외부에 밝히진 않았지만, 미국도 성공하지 못한 사거리 1,000킬로미터 전략 장거리포의 개발을 끝낸 상태다.

게다가 견인포 방식에서 업그레이드하여 기동성을 갖춘 자주포로 제조하는 중이기도 했다.

정확히는 최근에 설계가 끝나 양산만 하면 되는 단계였다.

또한 함포로도 개발하고 있는데, 아직 제 성능을 발휘하진 못하지만 기초 연구는 상당히 진행되어 있었다.

한마디로 중국에 꿀릴 것이 전혀 없다는 소리다.

결국 한국 정부는 최신 무기들을 발표하여 세계에 알렸다.

자신들의 화력이 막강하다는 것을 말이다.

이런 대한민국 정부의 선언은 중국과 북한의 위협으로 놀란 세계 여러 나라의 관계자들을 다시 한번 경악하게 만들었다.

대한민국이 새롭게 떠오르는 무기 수출 강국임은 모두 알고 있었다.

불가능하다고 생각하던 4.5세대 전투기를 연이어 개발한 것은 물론이고, 그 자리에서 수백 대의 납품 계약을 체결했다.

그리고 얼마 전, 사거리 300킬로미터 포탄을 대만에 수출한 것은 물론이고, 공기가 희박한 고지대에서 정상적으로 운용이 가능한 경전차까지 만들어 인도에 수출했다.

게다가 최근에 토륨을 이용한 원자력잠수함의 실전 테스트를 성공적으로 이루어 냈다.

인구 5,000만에 불과한 작은 나라에서 육해공 모든 분야의 군용물자를 생산하는 것도 놀라운데, 그 모든 게 세계에서 가장 앞서고 있었다.

하지만 이번 발표는 지금까지 만든 무기 강국이라는 이미지를 월등히 초월하는 것이었다.

세계 최강인 미국도 이제 겨우 연구 단계에 있는 것을 이미 개발하고, 다양한 방면으로 발전시키고 있다는 소식은 그들의 귀를 의심케 했다.

특히 중국은 이를 선동 뉴스라고 폄하하며 한국을 거짓말쟁이들의 나라라고 욕했다.

그도 그럴 것이, 사거리 1,000킬로미터라는 수치는 서울에서 중국의 수도인 북경까지 직접 타격이 가능한 거리다.

이는 중국이 대한민국의 서해 함대를 견제할 목적으로 산동성에 배치한 사거리 300킬로미터 장사정포와 비교조차 불가능한 것이었다.

이로 인해 한국을 압박하기 위한 카드로 사용한 장사정포는 오히려 중국에 독으로 작용한 것과 다름이 없었다.

＊　　　　＊　　　　＊

미국 국방성, 펜타곤.

펜타곤이 조용한 날은 없지만, 이번에 동아시아로부터 전해 온 뉴스는 유독 큰 파문을 일으켰다.

동아시아는 펜타곤이 중동 다음으로 신경 쓰는 정세가 불안정한 지역이었다.

얼마 전까지만 해도 북한이 핵무기 개발을 한다며 세상을 시끄럽게 만들고, 잠잠해지나 싶더니 중국이 문제를 일으켰다.

거대한 시장을 바탕으로 경제성장을 이룩한 중국은 오래전 대륙을 호령하던 때의 영광을 되찾고 싶은 건지, 군비 증강을 한 뒤 주변국과 영토 분쟁을 벌였다.

뿐만 아니라 세계 각국에 인재들을 파견하여 선진 기술을 익히게 한 뒤 중국으로 귀환시키는 것은 물론이고, 기술 습득이 어려운 경우에는 많은 돈을 들여 불법으로 빼냈다.

중국은 이걸 천인 계획이라 불렀다.

그들은 연구비가 필요한 학자나 엔지니어들을 검은돈과 미녀로 매수하여 중국으로 끌어왔다.

만약 이런 방법이 통하지 않을 때는 협박과 납치까지 일삼았다.

그런 중국의 행태로 인해 동북아의, 아니, 세계의 정세는 점점 험악해져만 갔다.

그들의 정책에는 협동과 상생 같은 가치가 전혀 없고, 오로지 중국인과 중국이라는 나라만 생각했기 때문이다.

이런 그들의 속내를 모르고 중국과 동참한 나라들은 그들의 계략을 알고 난 뒤 그들을 견제하기 시작했다.

미국 또한 그런 나라 중 하나였다.

러시아를 견제하기 위해 중국을 키운 미국은 스스로 거대한 적을 만든 것과 다름없었다.

뒤늦은 후회를 하며 중국을 막기 위해 여러 방법을 모색해 봐도 그리 큰 성과는 없었다.

오히려 제재가 그리 큰 효과를 보지 못하자, 미국을 얕잡아 보는 중국인만 늘어났다.

그렇게 펜타곤이 중국을 주시하고 있을 때, 한국이 최신 무기의 성능을 공개했다.

세계의 경찰을 표방할 정도로 최강의 군사력을 가진

미국은, 날로 늘어가는 전쟁 예산과 무기 유지비를 감당하는 게 벅찼다.

그 때문에 조금씩 미군의 규모를 줄이며 연구 중인 신형 무기 프로젝트도 축소하는 중이었다.

따라서 무기 개발 전략 또한 강력한 무기 위주의 연구에서 무인화와 장거리 타격으로 변경되었다.

그렇게 미국은 전략 장거리포 연구에 취소된 프로젝트의 예산까지 끌어오며 막대한 자금을 쏟아부었다.

그런데도 불구하고 해당 연구는 아직도 지지부진하고 있는 중이었다.

이런 상황에 한국이 먼저 전략 장거리포를 개발해 배치하기 시작했다.

적대국이 아닌 동맹국에서 최신형 무기가 나온 것은 다행이라 할 수 있는 일이었다.

하지만 외교 전략을 구상하는 이들은 침음을 삼켰다.

사실 미국은 연구 중인 전략 장거리포가 완성되면 주한미군이 주둔한 지역에 배치한 뒤 중국을 견제할 예정이었다.

1,000킬로미터라는 사거리는 대한민국 어느 곳에서나 중국 해안의 중요 도시들이 사정권 안에 들어오고, 경기도를 포함한 서쪽에선 중국의 수도까지 닿는 거리였다.

뿐만 아니라, 한국이 북진하는 것을 막기 위해 준비 중인 북부 전구의 상당 부분을 차지하는 동북삼성도 범위 안에 들어왔다.

때문에 중국을 위협할 카드 하나가 대한민국의 손에 들어간 것이나 다름없었다.

그동안 한 수 아래라 평가하던 나라에서 이런 무기가 나오자, 펜타곤에선 연일 비상 대책 회의가 열렸다.

"레이시온에선 아직도 시간과 예산이 더 필요하다고 합니다."

국방부 차관 클락 모리스는 굳은 표정으로 이야기하였다.

"아니, 도대체 몇 년째 연구가 답보 상태인 거야!"

국방부 장관 토니 블레터는 큰소리로 호통을 쳤다.

그렇지 않아도 오늘 아침에 대통령인 존 바이드에게 불려가 질책을 받아 기분이 좋지 않았다.

솔직히 대통령과 국방부 장관은 정치 노선이 달랐다.

민주당 출신인 존 바이드 대통령은 경제에 대해 무척이나 신경을 쓰는 사람이다 보니, 미군이 사용하는 국방 예산이 너무 과도하게 편성되어 있다고 생각하는 사람이었다.

그래서 기존에 연구 중인 모든 방위산업에 대해 전면 재검토를 하는 것은 물론이고, 공군과 해군 항공대에서

각기 연구 중이던 6세대 전투기 개발 프로젝트를 통합시켰다.

뿐만 아니라 5세대 스텔스 전투기의 유지 보수비가 많이 들어간다는 이유로 조기 퇴역을 지시하기도 했다.

때문에 군수산업계에서 반발이 일기도 했지만, 대다수의 미국 국민들이 이런 조 바이드 대통령의 정책을 지지하고 있기에 어쩔 도리가 없었다.

그에 반해 공화당 출신인 토니 블레터 장관의 경우, 어느 정도 조 바이드 대통령의 정책에 긍정하면서도 무턱대고 예산을 삭감하는 그에게 불만을 가지고 있었다.

"유지비가 많이 든다는 이유로 미사일 발사 순양함을 줄이며 스텔스 군함 건조에 막대한 예산을 낭비하고, 레일건 연구도 취소시킨 게 누군데……."

미군은 그동안 미국의 최고 군수 업체인 레이시온과 수많은 신무기를 개발하고 있었다.

하지만 레이시온의 개발 능력이 예전만 못한 것인지, 막대한 예산과 시간을 낭비하며 중도 폐기하는 프로젝트가 늘어만 갔다.

그중 대표적인 것이 바로 레일건과 퓨처포스워리어 프로젝트에 흡수된 랜드워리어시스템 개발이었다.

레일건은 기존 군함에서 발사하는 미사일을 대체하기 위해 연구한 무기 체계였다.

발당 가격이 월등히 저렴하고, 화약 무기가 아니기 때문에 흔적을 남기지 않는 등 많은 장점을 가지고 있지만, 현재의 기술로선 그 강력한 힘을 지탱할 물질이 없기에 개발은 중도에 취소되었다.

또한 랜드워리어의 경우에는 부분적으로 성공하긴 했지만, 역시나 많은 유지 보수비와 경기 침체로 인한 예산 부족으로 다른 프로젝트에 흡수되어 버렸다.

이렇게 미국은 연이은 대형 프로젝트의 실패로 인해 군수산업계에서의 위상이 흔들리고 있었다.

그리고 이제는 뒤따라오던 한국에 그 아성이 위협받고 있었다.

예전에는 미국의 말만 잘 따르던 한국은 어느 순간부터 자신들의 길을 개척하기 시작했다.

무기 자체 생산은 그 여파 중 하나였다.

미국은 한국이 생산한 저급한 무기를 보며 선심 쓰듯 자국 내에선 더는 사용하지 않는 무기들을 팔았다.

그들이 만든 것보다는 낫다며 말이다.

그렇게 미국이 상황은 절대 변하지 않을 것이라며 방심한 사이에 한국은 무섭게 치고 올라와 역전의 순간까지 다가왔다.

미군이 퇴역한 5세대 전투기를 대체할 4.5세대 전투기를 연구하는 동안 한국은 두 기나 개발에 성공했다.

그중 한 기는 미군도 관심을 보이며 시제기를 구매하기도 했다.

그 때문에 좋은 동맹 정도가 아니라, 최고의 우방이라 할 수 있는 영국에 준하는 수준으로 격상시켜야 한다는 목소리가 나오기도 했다.

"장관님, 차라리 신무기를 우리도 도입하는 것이 어떻겠습니까?"

전략 장거리포의 경우 포 자체도 필요하지만, 포탄도 무척이나 중요했다.

그렇기 때문에 미사일과 포탄 개발에 누구보다 우위에 있는 레이시온이 개발에 실패하고 있는 중이었다.

"그게 가능하다고 보나?"

토니 블라터 국방부 장관은 미간을 찌푸리며 물었다.

아무리 한국이 미국과 끈끈한 동맹이라고 하지만, 자신들도 이제 겨우 양산에 들어간 최신 무기를 쉽게 판매하진 않을 것이기 때문이다.

"포까지 수입하려면 힘들겠지만, 포탄만이라면요?"

미카엘 보좌관의 말에 회의에 참여한 이들은 모두 침묵에 빠졌다.

확실히 포탄이라면 가능할 것 같기도 했다.

'음…….'

블라터 장관은 잠시 고민 끝에 문제가 있다는 것을

깨닫고 미카엘 보좌관을 바라봤다.

"하지만 우리가 개발한 것과 구경이 다르지 않나?"

대한민국이 개발한 전략 장거리포의 구경은 230밀리미터였다.

하지만 자신들은 기존의 155밀리미터를 유지하고 있어서 한국이 개발한 포탄을 발사하기 위해선 포신의 구경을 변경해야만 했다.

"그래도 기존에 연구하던 자료가 있으니 포탄을 연구하는 것보단 시간과 예산이 절약될 것입니다."

미카엘 보좌관은 블래터 장관의 기습적인 질문에 침착하게 답했다.

그도 그럴 것이, 그동안 레이시온은 1,000킬로미터 이상의 사거리를 가진 포탄을 개발하는 데에 너무도 많은 시간과 예산을 낭비했기 때문이다.

차라리 한국의 포탄을 가져다 쓰고, 포는 기존에 연구하던 것을 바탕으로 구경을 늘리는 것이 더 나을 정도였다.

때문에 이런 미카엘의 안건은 어느 정도 타당한 느낌이 없지 않았다.

하지만 과연 레이시온이 이걸 받아들일 건지에 대한 문제가 새로 떠올랐다.

"그들이 양심이 있다면, 우리의 요구를 무시할 수 없

을 것입니다."

그도 그럴 것이, 그동안 레이시온이 전략 장거리포로 잡아먹은 예산은 수백억 달러고, 연구 기간은 10년이 넘었다.

사실 구축함이나 순양함에서 발사하는 미사일의 경우, 가장 싼 것도 천만 달러가 넘어간다.

그러한 미사일 48기 이상을 구축함 한 척이 싣고 다닌다.

이런 구축함을 미 해군은 100척 이상 보유하고 있기 때문에 유지 보수 비용이 막대하게 소모됐다.

그러니 이를 대체하기 위해 미사일을 대체할 수 있는 초장거리포의 필요성은 오래전부터 꾸준히 있어 왔다.

하지만 위력과 정확도 측면에서 한계가 분명하기에 계속해서 값이 비싸지는 미사일을 쉽게 포기하지 못했다.

그렇지만 기술의 발전으로 사거리가 늘어나고 정확도가 높아지면서 함포는 다시 한번 주목을 받기 시작했다.

그래서 시작된 연구 프로젝트였지만 레이시온은 아직까지 군이 요구하는 만큼의 사거리와 화력을 만들어 내지 못했다.

그런데 한국에서 이런 난관을 극복하고 1,000㎞급의

사거리를 가진 전략 장거리포가 개발 완료되었다.

이는 자존심이고 뭐고 모두 버려서라도 확보해야만 하는 무기였다.

다만, 그것을 한국 정부가 자신들에게 판매를 할지는 다른 문제였다.

"좋아. 그럼 일단 포와 포탄 모두를 도입하는 것을 우선순위로 한국 정부에 우리의 의사를 타진하고, 일이 잘되지 않을 경우에는 포탄만이라도 도입할 수 있게 작전을 잘 짜 봐!"

블라터 장관은 눈을 날카롭게 희번덕거렸다.

*   *   *

한편, 일본 긴자의 요정 중 한 곳에서 일본 관료들이 모여 이야기를 나누고 있었다.

한국의 신형 전략 장거리포 배치는 단순하게 한국의 문제만이 아닌 일본에도 큰 의미를 부여하기 때문이다.

그들이 생각하기에 가깝고도 먼 나라라는 표어는 한국과 일본의 관계를 잘 나타내는 것 같았다.

한반도가 번성할 때는 일본이 기를 펴지 못하고, 반대로 일본이 강성할 때는 한반도가 약해지기에 그들의 사상 깊은 곳에는 정한론(征韓論)이 깊이 박혀 있었다.

실제로도 일본의 최고 전성기에 한반도는 그들의 식민지였고, 그 시절 일본은 세계 최강이라는 미국과도 어깨를 나란히 했다.

하지만 그 자리마저 넘볼 수 있다는 자만심에 빠져 기습적으로 미국을 공격하고, 결국 원자폭탄 두 발을 맞아 패망했다.

하지만 그것도 잠시였다.

한반도에 전쟁이 일어나면서 일본은 폐허 속에서 경제성장을 이루고, 경제 대국이 되었다.

그러다가 한국이 폐허를 딛고 일어나는 시기에 맞춰 일본의 경제는 점점 나락으로 떨어졌다.

물론 이는 상관관계만 있고 인과관계는 증명되지 않은 이야기지만, 이를 바탕으로 일본의 수뇌부들은 한반도를 정복해야 한다는 주장을 꾸준히 제기했다.

그들이 보기에 현재의 흐름은 일본은 지는, 한국은 떠오르는 태양이라 판단했기 때문이다.

경제 발전만 생각하던 부실한 한국은 이제 없었다.

이제는 일본보다 경제는 물론이고, 국방력에 있어서까지 우위에 서기 시작했다.

그 증거로 최신예 전투기를 자력으로 개발하고, 미국도 만들지 못한 초장거리포를 배치했다.

사실 이것만큼은 어떻게 해서든 막아야 했다.

초장거리포의 사거리에 일본 본토가 포함되어 있기 때문이다.

"하시모토 의원, 대체 어떻게 된 것입니까?"

집권당인 자민당의 카나기 요시무라는 하시모토 켄을 쳐다보며 물었다.

"나도 듣지 못한 정보요."

하시모토 켄은 미간을 찌푸리며 대답하다 자신의 앞에 놓인 돔 페리뇽을 마셨다.

아니, 들이부었다.

하시모토 켄의 직책은 겉으로는 동아시아 문화 연구가이지만, 사실 정보 조직의 수장이었다.

연구가라는 직책을 이용해 자유롭게 돌아다니며 오래전부터 아시아의 전역에서 활동하는 친일 단체의 활동을 도왔다.

이는 총리 직속 내각정보조사실과는 별도의 조직으로 한때는 일본 제국의 최고 정보 조직이었지만, 세월이 흐르면서 그 위명이 사라지고 있었다.

아시아 각 나라의 친일 단체와의 결속이 이전처럼 끈끈하지 못한 것이다.

그들은 일본에 필요한 정보를 전달한다는 역할을 제대로 수행하지 않고, 그저 원조를 받으며 돈만 축내고 있었다.

그리고 그런 조직 중 하나가 대한민국의 상층부에 있는 대동회였다.

하지만 이제는 대동회도 예전만 못해 정보의 질이 많이 떨어졌다.

또 이번 일처럼 일본의 안보에 중요한 내용이 자주 누락이 되기에 지금 하시모토의 표정이 좋지 못한 것이다.

'고이즈미 총리가 있을 때 확실히 쐐기를 박아야 했어.'

종속 관계가 풀려 버리면서 대동회는 더 이상 자신들의 밑에 있지 않았다.

아니, 욕심이 많은 조선인의 성향을 잊고 풀어 준 것이 실수였다.

"하, 열등한 조선에 기회를 준 것부터가 잘못이야!"

너무나 급히 술을 연거푸 마신 하시모토는 급기야 술기운을 이기지 못하고 주정을 부리기 시작했다.

그런 하시모토를 지그시 내려다보는 카나기 요시무라는 비릿한 미소를 지었다.

이번 일은 비록 나라 전체에는 안 좋은 뉴스였지만, 어떻게 보면 자신에게 그리 나쁘게 작용하지 않았다.

경쟁자인 하시모토의 추락을 보는 것이니 말이다.

2. 신준식의 보고

신준식은 오랜만에 걸려온 하시모토 켄의 연락을 받고 고민하기 시작했다.

한일의원연맹에서 처음 만난 그는 신준식에게 많은 도움을 주었다.

그에게 정치 자금은 물론이고, 대동회라는 든든한 배경까지 만들어 준 것이 바로 일본의 국회의원인 하시모토였다.

물론 신준식이 그에게 받기만 한 건 아니었다.

신준식 또한 국회의원이 되면서 하시모토에게 많은 도움을 주기도 했다.

국방 위원회의 의원으로서 한국이 보유한 장비들의 제원이나, 새로 도입할 무기에 대한 정보를 그에게 넘겨주었다.

　분명 그것은 이적 행위이지만, 당시 신준식은 도움을 받았으니 당연히 들어줘야 할 보답이라 생각하고 있었다.

　또한 일본은 미국과 함께 동북아의 공산화를 막기 위해 협력해야 할 동맹이라고 스스로를 세뇌하며 거리낌 없이 일을 처리했다.

　하시모토가 준 권력과 물욕에 눈이 멀어 버린 것이다.

　하지만 수호에 의해 제압당하고 난 뒤에 신준식은 정신을 차렸다.

　자신이 틀렸음을 깨달은 그는 하시모토의 연락을 피하며 역으로 비슷한 상황인 사람들을 찾아내기 시작했다.

　결과는 매우 놀라웠다.

　이전의 자신과 같이 일본의 세포가 되어 움직이는 변절자들은 생각보다 많았다.

　자신이 속한 민족당은 물론이고, 현재 여당인 한마음당에도 일본의 돈을 받은 사람이 지천에 자리하고 있었다.

이걸로 끝이 아니었다.

정치권을 벗어나 재계는 물론이고, 학계에서도 일본의 명에 목숨을 거는 이들은 셀 수도 없이 많았다.

개중에는 자신처럼 정신을 차린 이도 있지만, 그렇지 않은 사람들이 더욱 많았다.

그나마 정계에 있는 자들 중 대부분은 적절한 협박과 회유로 돌아서게 만들었다.

하지만 그럼에도 돌아서지 않고 일본을 찬양하는 사람들과는 일부러 거리를 두었다.

그러던 중 하시모토에게서 다시 연락이 왔다.

이번에 배치된 신형 전략 장거리포 때문일 것임이 분명했다.

그는 한국이 무장하는 것에 대해 무척이나 신경 쓰고 있었다.

일본은 평화헌법 때문에 자위대 수를 늘리거나 최신 무기로 무장을 하는 것에 대해 수많은 제약을 받아 왔다.

하지만 한국은 아직도 전쟁이 끝나지 않은 나라이기에 무기 구매나 개발이 거리낌 없이 이루어졌기 때문이다.

그 예로 UN에서 비인도적이기 때문에 금지한 무기도 한국에서는 사용이 가능했다.

그중 대표적인 것이 대인지뢰였다.

1997년, UN에서는 사람에게 심각한 장애와 후유증을 유발시키는 대인지뢰의 사용을 금지하는 데 각 국가의 서명을 받았다.

하지만 대한민국은 이 안건에 결코 찬성하지 않으려 했다.

그도 그럴 것이, 대인지뢰를 휴전선 인근에 설치하면 적은 인원으로도 대규모 병력이 밀려 내려오는 것을 막을 수 있기 때문이다.

적은 비용으로 큰 효과를 내는 무기를 대한민국은 그냥 포기할 수는 없었다.

비슷한 예로, 민간인 피해가 많은 집속탄과 백린탄의 사용을 금지하는 연판장에도 한국 정부는 서명하지 않았다.

집속탄은 하나의 폭탄 속에 작은 자탄 수백 개가 들어 있는 무기다.

단 한 발로 넓은 범위를 타격할 수 있기에 매우 효율적인 무기고, 주로 거대한 모탄을 하늘에서 터트리는 방식으로 사용했다.

하지만 땅으로 떨어진 자탄의 불발 확률이 너무도 많았다.

게다가 이런 불발탄들을 아무것도 모르는 어린아이들

이 장난감으로 오인해서 가지고 놀다가 터지는 일들이 빈번하게 발생했다.

이에 2007년 노르웨이 오슬로에 46개국이 모여 집속탄의 사용, 제조, 보유 및 이동을 금지하는 '오슬로 선언'을 채택한 걸 시작으로 2010년 UN에서 공식적으로 집속탄 금지 협약을 발표했다.

하지만 한국은 중국의 인해전술에 언제든 직면할 수 있어 그 효능을 포기할 수 없었다.

그래서 가급적 불량률을 줄이고 선제공격에 절대 사용하지 않겠다는 입장만 발표할 뿐이었다.

그리고 백린탄은 원래 백린이라는 가연성 좋은 화합물이 물속에서도 잘 꺼지지 않는다는 특성을 이용해 만든 무기였다.

처음 이 무기를 개발한 미국은 베트남 전쟁 당시, 작전 수행을 어렵게 만드는 정글의 수목을 해결하기 위해 실전에 배치했다.

백린탄은 습도가 높은 베트남의 정글과 그 안에 숨어 게릴라 활동을 하는 베트콩을 손쉽게 제거할 수 있었다.

그렇게 효능을 입증한 백린탄은 현대에 와서도 대 게릴라전 무기로 유용하게 사용되었다.

하지만 물에서도 잘 꺼지지 않는 특유의 성질과 그

유독성 때문에 수많은 민간인들에게 피해를 입히고만 것이다.

백린은 산화하며 엄청난 독성 가스를 만들어 내는데 바람을 타고 민가로 흘러 들어가는 일이 자주 발생했기 때문이다.

하지만 북한이라는 신뢰할 수 없는 적과 대면하고 있는 대한민국은 그 위험성을 알면서도 도저히 포기할 수 없었다.

그래서 대한민국은 악마의 무기가 불리는 대인지뢰나 집속탄, 그리고 백린탄 등 치명적인 장애와 후유증을 심각하게 남기는 무기들을 다량으로 보유하고 있는 중이었다.

그렇지만 일본은 제2차 세계대전에서 패전하였기 때문에 이러한 무기들을 보유하는 것은 절대로 불가능했다.

그래서 늘 한국을 경계하며 예의 주시하고 있는 중이었다.

또한 될 수 있으면 한국이 최신 무기로 무장하는 것을 막기 위해 갖은 노력을 다했다.

그 선봉에 선 단체가 한일의원연맹인데, 신준식 같은 사람을 키워 국회의원에 올릴 정도로 세력이 굉장히 거대했다.

6.25 전쟁 이후, 한반도의 공산화를 막겠다는 취지에서 한국 정부는 일본으로부터 많은 차관을 데리고 왔다.

이때, 일본은 차관 원조를 빌미로 한국에 들어와 일제강점기 당시에 자신들이 벌인 악행을 덮으려 노력했다.

그 시발점을 만든 것이 다름 아닌, 한일의원연맹이었다.

그렇게 한국 정부가 전쟁의 후유증에서 갓 벗어나고 있을 때, 일본은 전쟁의 특수 효과로 경제성장을 하며 만반의 준비를 하고 있었다.

그리고 이런 일본에 제대로 판을 깔아준 것이 바로 미국이었다.

미국은 제2차 세계대전과 한국 전쟁을 연이어 치르며 많은 경제적 손실을 입은 상태였다.

하지만 폐허만 남은 한국을 그대로 방치할 순 없었다.

한반도가 공산화된다면 미국으로서도 상당한 부담이 생기기 때문이었다.

이에 생각한 방법이 한국 전쟁을 통해 돈을 번 일본을 끌어들여 소련의 부동항 확보를 저지한다는 것이었다.

미국은 일본을 참여시키기 위해 온갖 수단을 준비했지만, 사실 그럴 필요는 없었다.

한국에 다시 들어가는 게 일본이 그 무엇보다 바라던 상황이기 때문이다.

일본 정부는 대한민국을 제2차 세계대전 이전처럼 자신의 수중에 넣으려 했다.

그들의 성장을 막는 것이 일본이 강성해질 수 있는 길이라 생각했기 때문이다.

그들은 미국이 판을 깔아 주자마자, 예전 자신들의 밑에서 일하며 조선인을 착취하던 사람들과 접촉하였다.

당시 한반도에 살던 부역자들은 상당한 위기에 처해 있었다.

일제강점기 당시, 일본에 협력하며 권력과 부를 축적한 그들은 6.25전쟁 때 공산당에 의해 많은 수가 처형당했다.

또한 전쟁이 끝난 뒤에도 남한에서의 지위가 그리 안전한 건 아니었다.

그러다 보니 부역자들은 살기 위해 바로 미군에 협력하고, 시간이 흘러 일본이 들어오자 다시 그들의 수족이 되길 자처했다.

겉으로는 북한을 견제하기 위해 민주주의를 부르짖으

며 반공을 천명했다.

하지만 그 속내에는 자신이 살기 위해, 그리고 일제 강점기에 축적한 부를 잃지 않기 위해 부단히도 노력한 것이다.

그렇게 만들어진 것이 바로 대동회였다.

일제가 한반도를 병합하고 대륙으로 진출하며 내세운 대동아공영권에서 이름을 가져온 친일 조직이 한반도에 자리 잡은 것이다.

그렇게 시간이 흐르며 요직에 뿌리를 뻗어 내린 대동회는 대한민국이 성장함에 따라 세력도 더욱이 강대해졌다.

그리고는 거대해진 자만심을 감추지 못하고 일본 정부의 앞잡이에서 독자적인 세력이 되어 한반도의 정세를 좌지우지하기 시작했다.

하지만 욕심이 과한 나머지 그들은 SH화학을 노렸다.

대동회 중 일부 사람들이 SH화학이 가진 상품들과 특허권, 그리고 군납권을 차지하기 위해 수를 쓴 것이다.

이후, 그들이 수호에게 일망타진된 것은 당연한 수순이었다.

신준식도 이렇게 수호에게 잡힌 물고기들 중 한 명에

불과했다.

*   *   *

"이렇게 중대한 정보를 왜 우리에게 알리지 않은 겁니까!"

오랜 기다림 끝에 신준식과 통화가 연결된 하시모토 켄은 다짜고짜 화를 냈다.

"군에서 비밀리에 개발한 것을 어떻게 알고 미리 알려 준다는 겁니까? 또한 우리나라의 무기에 대한 정보를 굳이 보고할 의무는 없소."

반면에 신준식은 단호하게 대응했다.

"뭐, 뭐라고? 하, 그렇게 나온다면 한국이나 당신에게 불이익이 있을 겁니다."

"설마 우리가 아직도 일본의 식민지라고 착각하시는 겁니까? 노망이 든 게 아니라면 앞으로는 말을 내뱉기 전에 깊게 생각한 뒤, 입을 여는 것이 좋을 것 같습니다."

신준식의 단호한 거절에 하시모토 켄은 잠시 말을 잊었다.

그도 그럴 것이, 그가 이런 반응을 보이는 건 처음이었기 때문이다.

"…감히 당신이 어떻게 거기까지 올라갔는지 잊은 것인가? 내가 한마디만 하면 당신은 그 자리에서 물러나야 할 것이오."

"하하, 그게 말처럼 쉬울 것 같습니까? 또한 그리된다고 해도 과연 당신들은 무사할 수 있으리라고 생각하는 겁니까? 당신들만 약점을 쥐고 있는 게 아니라는 말입니다!"

신준식은 거칠게 말을 내뱉은 뒤에 전화를 끊어 버렸다.

그러고는 사무실에 앉아 방금 전 통화를 머릿속에 떠올렸다.

어찌 생각해 보면 이 상황이 참으로 웃기지 않을 수 없었다.

한국이 전략 장거리포라는 무기를 공개한 것은 중국이 산둥반도에 장사정포 부대를 배치하며 도발했기 때문이다.

그런데 중국 정부가 입장을 발표하기도 전에 지레 겁을 먹은 것인지 일본 정부가 먼저 반응해 버리고 말았다.

자신들은 북한의 미사일 도발을 막겠다며 한반도 전체를 감시할 수 있는 이지스 어쇼어 시스템을 도입하고 있었다.

그걸로도 모자라, 유사시 선제공격까지 하겠다며 초음속 공대지 미사일까지 개발하고 있었다.

그러면서도 우리가 자주국방을 위해 발전하는 것을 못마땅해하고 있는 것이다.

신준석은 후안무치한 자들이라 생각하며, 일본을 따르던 과거의 자신이 부끄러워졌다.

마음 같아선 대한민국에는 이번에 배치되는 전략 장거리포 외에도 대단한 것들이 있다고 말하며 그들을 더욱 난처하게 만들고 싶었다.

신준석은 미국도 완성하지 못한 MD 체재를 완벽하게 구축한 시스템이 수호에 의해 개발된 사실을 알고 있었다.

아직 예산이 주어지지 않아 배치하지는 못했지만, 이제 곧 국회에서 심의를 거친 후에 통과될 것은 자명한 사실이었다.

신준식은 느긋하게 기다리기만 하면 그들이 곤란해하는 모습을 볼 수 있는 것이다.

예전의 대동회라면 이번 일을 적극적으로 막았을 것이다.

하지만 자신이 속한 대동회 의원들은 수호의 밑으로 들어갔다.

또한 그런 대동회와 반목하던 장군회의 경우에는 이

미 수호와 긴밀하고 깊은 협력 관계를 구축한 상태였다.

대한민국 국방력 강화에 적극적인 장군회다 보니, 변화한 대동회와 싸울 일이 거의 없어졌다.

오히려 대한민국 정계를 좌지우지하는 두 세력이 처음으로 같은 목표를 가지고 움직이기 시작했다.

처음엔 대동회 내부에서도 수호에게 반감을 가지고 있는 사람이 많았다.

하지만 점점 그 수가 적어졌고, 모습이 더 이상 보이지 않았다.

이는 찍소리 못하게 제압된 탓도 있지만, 협력을 하는 것이 자신에게 이득이 된다는 것을 알았기 때문이다.

예전만 못하지만 돈이 들어오지 않는 것도 아니고, 인기가 떨어져 다음 총선에서 당선이 불확실해지지도 않았다.

오히려 국민들의 지지도가 전보다 소폭 상승하기까지 했다.

국민들도 날로 강력해지는 대한민국을 느끼는 것인지 신준식의 지지율은 무려 18%나 상승해 이젠 70%를 살짝 웃돌았다.

이 정도라면 총선이 아니라 대선에 나가도 될 것만

같았다.

실제로 수호로부터 허락만 떨어진다면 당장 도전할 욕심도 있었다.

다만, 당내에서의 지지율은 아직 조금 부족하고, 또 대선까지의 시간이 많이 남았기에 그저 참고 있을 뿐이었다.

그러니 겨우 하시모토의 경고에 흔들릴 필요가 없었다.

'겨우 하시모토 따위가 날 협박해!'

수호를 보고 난 뒤에 신준식은 더 이상 하시모토가 두렵지 않았다.

오히려 차갑게 눈빛을 희번덕거리며 그를 역공할 생각마저 하고 있었다.

물론 하시모토가 신준식의 약점을 쥐고 있긴 했다.

하지만 신준식 또한 언제 배신을 당할지 모르기에 조용히 그들에게 역공을 날릴 증거를 열심히 수집하고 있었다.

하시모토는 그런 상황을 전혀 모르고, 제 분을 이기지 못한 채 신준식을 겁박한 것이다.

예전 같았으면 일본이 줄 콩고물을 기대하며 참고 넘기겠지만, 이젠 입장이 바뀌었다.

이대로만 간다면 대한민국은 일본보다 더 강성한 나

라가 된다.

게다가 곧 한국형 MD가 배치된다면, 핵무기의 위협에서 완벽히 벗어난 유일한 국가가 될 것이다.

신준식은 더 이상 두려울 것이 없었다.

그가 생각하기에 가장 안전한 나라는 미국도, 일본도 아닌, 수호가 있는 한국이었다.

신준식은 수호가 이번에 발표한 것들 보다 뛰어난 발명품이 존재한다고 확신했다.

사실 멀리 볼 것도 없이 자신의 몸에 심어진 마이크로 칩만 생각해 봐도 그랬다.

처음에는 어떤 부작용이 있을지 몰라 건강검진을 핑계로 자주 병원에 다녔다.

하지만 정말 신기한 것이 신체에 이물질을 삽입한 건데도 이상이 생기거나 아프지 않고, 오히려 잃은 기능을 되찾아 주었다.

나이가 들며 자연스레 기능을 잃고 고개 숙인 제2의 자신이 다시금 살아난 것이다.

그로 인해 다소 소홀해진 마누라와도 관계가 좋아진 것은 물론이고, 숨겨 두고 보기만 하던 애인들도 더 이상 그림의 떡이 아니게 되었다.

게다가 수호는 자신의 말만 잘 따른다면 지금 누리고 있는 것을 빼앗지 않겠다고 약속했다.

오히려 필요하다면 도와줄 것이라고까지 말했다.

'차라리 하시모토에 관한 이야기와 약점을 그에게 이야기할까?'

신준식은 수호가 자신을 찾아온 때를 떠올렸다.

그는 대동회를 제압하고 난 뒤, 자신을 따른다면 그동안 누리던 것 이상을 제공해 주겠다고 했다.

신준식은 그 당시에 수호의 모습을 잊을 수가 없었다.

악마와 천사가 공존하는 듯한 하얗고 별처럼 빛나던 잘생긴 얼굴은 절대 권력을 가진 절대자와 같이 당당했다.

국회의원직을 하며 사람 보는 눈을 키웠다 자부하던 신준식은 수호에게 굴종할 수밖에 없었다.

마치 개미가 사람을 상대하는 것 같은 느낌이 신준식을 집어삼켰기 때문이다.

그리고 지금까지 신준식이 수호를 지켜본 바론, 그는 실제로 그런 힘을 가지고 있기도 했다.

보통 사람들은 상상조차 하지 못하는 물건들을 마구 만들어 내는 것은 물론이고, 국정원 출신이며 다수의 부하를 거느린 문성국을 제압했다.

게다가 문성국의 밑에 있던 김국진 실장을 그에게서 빼앗다시피 데려갔다.

하나를 보면 열을 안다고, 그를 배신한다면 끝이 좋지 못할 것이 분명했다.

＊　　　＊　　　＊

― 일본의 자민당 의원인 하시모토 켄이라고 일본에서는 차기 간사장으로 유력시되고 있는 인물입니다.

수호는 조용히 신준식 의원이 하는 이야기를 듣고 있었다.

여느 때와 같이 장군회에서 의뢰한 차기 방공 구축함에 대한 연구를 하던 수호는 퇴근 전에 느닷없이 걸려 온 신준식 의원의 전화에 발목이 잡혔다.

자신이 처음으로 아버지를 위해 시작한 사업에 숟가락을 얹으려던 신준식 의원은, 현재 자신의 하수인으로서 일하고 있었다.

군사 위원회에 있는 신준식은 마치 집 지키는 개가 주인에게 꼬리를 흔들 듯, 하시모토 켄과의 전화에서 오간 내용을 낱낱이 이야기했다.

― 그는 경제 대국인 일본을 위협하는 건 저희에게도 좋지 못하다고 하면서 SH의 행보에 우려를 나타냈습니다.

그의 말에 따르면 일본은 SH의 앞길을 막으려고 부

단히도 애를 쓰고 있는 것 같았다.

수호는 SH화학을 시작으로 항공과 중공업, 제철, 그리고 조선업 등 사업의 규모를 점점 늘리고 있었다.

그중 제철이나 중공업은 슬레인이 필요로 하기에 구매한 것이었다.

수호는 그저 명목상 사장으로 이름을 올린 것에 불과했다.

하지만 시간이 흐르며 모든 회사에 SH라는 사명을 붙여 그룹화하였다.

이는 다른 이들의 압력에 쉽게 대응할 수 있다는 슬레인의 조언에 따랐기 때문이다.

그렇게 SH로 사명을 통일하자 거짓말같이 함부로 기웃거리던 자들이 줄어들었다.

귀찮게 찾아오던 구의원이나 국회의원, 혹은 그들과 연관 있는 단체의 방문이 사라진 것이다.

수호는 아직도 한국 사람들이 외형적인 것에 많이 좌지우지된다고 새삼 깨달았다.

아무튼 SH 그룹이 출범을 하면서 잔챙이들이 사라지자, 이제는 큰손들이 접근했다.

대표적인 것이 미국이고, 그다음이 UAE와 대만이었다.

그들 모두 각자 다른 이유로 무기를 구매했다.

UAE와 대만은 인접한 국가의 위협으로부터 자국의 안전을 보장받기 위해.

그리고 미국은 연구를 통해 자국이 개발에 실패한 무기를 개선시키고자 했다.

실제로 미국은 육해공 3군이 모두 SH의 문을 두드리고 있었다.

전략 장거리포와 초장거리 스마트 탄, 그리고 4.5세대 전투기 KFA—01에 대한 구매 문의 때문이었다.

이는 미국뿐만 아니라 UAE와 대만, 그리고 다른 수많은 나라 또한 마찬가지였다.

그러다 보니 인접국인 일본은 한국을 막을 만한 명분이 없어서 이러지도 저러지도 못하고 있는 상태였다.

그도 그럴 것이, 일본은 현재 북으로는 러시아와 서쪽으로는 중국과 영토 분쟁을 하는 중이었다.

게다가 이들을 견제하기 위해 실시한 한미일 공조가 자신들의 악수로 인해 무너졌다.

한국을 길들이고자 실시한 정책이 실패한 것도 모자라, 일본을 겨누는 칼이 되어 돌아온 것이다.

불화수소 산업계에 독점적인 지위를 가지고 있던 일본은 원료들의 수출 승인을 어렵게 만들었다.

이렇게만 하면 한국이 고개를 숙이고 들어올 것이라 판단한 것이다.

하지만 한국은 이번 기회에 수입 의존도를 줄이고 자립하자며, 불매운동을 벌이고 스스로 활로를 모색해 버렸다.

이에 일본은 한국이 먼저 수출 규제를 시작한 것이라며 가해자 프레임을 씌우려고 미국에 로비했지만, 씨알도 먹히지 않았다.

오히려 국제적인 비난과 망신만 받았을 뿐이다.

그저 자신의 턱밑까지 쫓아온 한국을 견제하며 집권당의 지지율을 올리기 위해 잠시 정책을 바꾼 것뿐인데, 일이 요상하게 흐르면서 생각지 못한 방향으로 흘러가 버렸다.

이 때문에 일본 경제는 더욱 악화되었으며 동북아 안녕에 빨간불이 들어오게 되었다.

미국은 이 사태를 관망하다가 발등에 불이 떨어지자 부랴부랴 일본을 질타했다.

말로는 하루빨리 한국과의 관계를 개선하라고 하지만, 그 속내는 일본에게 빨리 잘못을 인정하라는 것이었다.

그도 그럴 것이, 한미일 공조가 무너지면, 중국을 견제해야 하는 미국의 부담이 매우 늘었다.

미국은 북한의 핵무장과 ICBM보다도 중국의 성장을 경계했다.

북한의 핵무장이야 국제 규정을 위반한 것이라, 마음만 먹으면 언제든지 선제공격이 가능했다.

　하지만 중국은 아무리 초강대국인 미국이라도 쉽게 전쟁을 생각할 수 있는 나라가 아니었다.

　중국은 UN의 상임이사국이기도 하고, 또 핵무장을 오래전 끝낸 국가다.

　미국에 위협이 되는 ICBM의 성능도 비슷할 정도로 따라왔다.

　그런 와중에 중국 견제에 가장 힘을 쏟고 있는 나라인 한국과 일본의 사이가 좋지 못하니 미국은 어떻게든 그들의 사이를 돌려놔야만 했다.

　사실 처음 이런 문제가 발생했을 때, 많은 미국의 의원들이 일본의 편을 들었었다.

　이는 일본이 그동안 많은 로비를 했기에 나타난 현상이었다.

　그렇지만 이제는 중국의 견제에 직접적으로 도움이 되는 무기를 보유한 한국을 방치하며 일본의 편만 들어줄 순 없었다.

　이 때문에 일본 의회, 아니, 정확하게는 일본의 국회를 장악하고 있는 자민당에서는 한국의 군사력 강화에 이바지하고 있는 SH 그룹을 잠재적 위험 요소로 판단했다.

때문에 자민당은 일본 의회에서 자신들의 잘못을 인정하고 한국에 사과하여 관계 개선을 하자는 야당 의원들에게 집중 공격을 받는 중이었다.

이에 자민당은 일등 국가인 일본이 자신보다 못한 한국에 고개를 숙일 순 없다며 팽팽히 맞섰다.

게다가 일부 자민당 의원 중에서는 SH 그룹의 수장인 수호를 암살하자는 이야기까지 나오기도 했다.

사실 그들이 수호를 타깃으로 삼은 건 본보기로 삼기 위함이었으나, 소 뒷걸음질 치다 쥐를 잡았다고 해야 할까.

우연히도 한국의 현재 상황을 정확하게 파악한 것이나 다름없었다.

한국을 이런 위치에 올려놓은 것은 모두 수호의 덕이었다.

물론 슬레인의 보조를 받기는 하지만, 수호가 있어야만 이 세계와 소통할 수 있다.

외계인 프르그슈탈에 의해 수호에게 인계된 슬레인은 그 생존을 마스터인 수호와 함께한다.

즉, 수호가 죽게 된다면 인공 생명체인 슬레인도 그 수명을 다하는 것이다.

그렇기에 일본이 한국의 발전을 막기 위한 가장 최선의 방법은 사실 수호를 암살하는 것이었다.

하지만 수호는 특수부대원일 때는 탑 클래스였으며, 프르그슈탈에 의해 세포 단위에서부터 개조되었다.

솔직히 겉으로만 인간처럼 보이지 신체 능력은 SF 영화 속 주인공인 슈퍼맨과 비슷했다.

비록 영화처럼 하늘을 날거나 눈에서 히트 비전을 쏘지는 못하지만, 상상 그 이상으로 강력한 힘을 가졌다.

물론 이러한 비밀은 아무도 모르는 사실.

그렇게 일본에서 SH 그룹과 수호를 상대로 뭔가 일을 꾸미려 한다는 소식을 들은 수호는 두 눈을 차갑게 반짝였다.

'심심하진 않겠네.'

어느 순간부터 수호는 외부의 위협을 살아가는 데 필요한 자극 정도로 인식하게 되었다.

그도 그럴 것이, 날로 자신의 신체가 다른 사람들과는 다르게 진화하고 있음을 느꼈기 때문이다.

때문에 수호는 종종 자신이 다르다는 사실을 간과하곤 했다.

그리고 그때마다 인간으로서는 상상하지도 못할 일을 벌였다.

연구에 너무 몰두하여 일주일을 잠을 자지 않는다거나, 운동 중에 트레이닝 기구들을 망가뜨리는 정도로 말이다.

그런데도 수호는 전혀 자신의 신체에 위화감을 느끼지 않았다.

그래서 더욱 플라워즈에 집착하는 것인지도 몰랐다.

수호는 다른 사람에게는 별다른 흥미를 느끼지 않으면서도 본능적으로 플라워즈 멤버들만은 신경을 썼다.

마치 그들과 관계가 깨지게 된다면 인간으로서의 인간성을 잃는 것처럼 말이다.

그래서인지 몰라도 예전에는 한빛 엔터의 사장인 한광희와 플라워즈의 총괄 매니저였던 박인성 부장과도 좋은 관계를 유지했다.

하지만 혜윤의 딥페이크 영상 사건으로 인해 사이가 많이 틀어졌다.

심각한 우울증에 시달리는 혜윤을 보살피기보다는 기획사의 이미지만을 생각했다.

그래서 그 일을 도맡아 처리하면서 더 이상 그들을 믿지 않겠다는 사실을 확실히 보여 주었다.

그리고 플라워즈의 소속사로서 계속 존속하려면 확실하게 그녀들을 케어하라고 경고했다.

이렇듯 점점 인간의 범주에서 벗어나고 있는 수호는 이번 일 또한 가벼운 놀이 정도로 느껴졌다.

'뭐, 놀 땐 놀더라도 그가 말한 하시모토 켄이 도대체 누군지, 그리고 그 뒤엔 누가 있는지 정도는 알아보는

게 맞겠지?'

신준식 의원과 통화를 마친 수호는 잠시 생각을 하다 어디론가 전화를 걸었다.

"오랜만입니다, 문 소장."

수호가 전화를 건 상대는 한때 자신을 위협하던 문성국이었다.

이제는 말을 잘 듣는 하수인에 불과했지만 말이다.

"일본 자민당 소속 의원인 하시모토 켄에 대해 뭐 좀 아는 것이 있습니까?"

문성국은 잠시만 기다려 달라고 하더니, 곧 파일 하나를 수호에게 전송하며 그에 대해 브리핑했다.

"호, 생각보다 대단한 인물인가 보네요."

문성국의 보고를 들은 수호는 눈을 반짝였다.

그에게서 들은 하시모토 켄의 약력은 결코 무시할 수 있는 내용이 아니었다.

그는 일본의 집권당인 자민당의 차기 간사장으로 유력한 인물로 대대로 일본의 권력자를 배출하는 집안 출신이었다.

그 역사는 고대 전국시대까지 올라가며, 도쿄 옆에 자리한 간사이 지방의 유지였다.

대대로 일왕의 측근으로서 권력을 유지했으며, 제2차 세계대전 당시에는 대본영에 속하는 귀족이기도 했다.

그리고 시대가 바뀌어도 하시모토의 집안은 계속해서 권력의 한 축을 담당하며 세력을 유지하고 있었다.

"이번에는 심심하지 않겠네."

보고를 모두 받은 수호는 작게 중얼거렸다.

[직접 가시려고요?]

잠자코 상황을 지켜보던 슬레인은 무언가 느낀 것인지 수호에게 말을 걸었다.

"응. 괜히 그놈들이 한국으로 넘어오기를 기다리면 자칫 시끄러워질 것 같아."

[음, 좋은 선택인 것 같습니다.]

슬레인은 이에 동의하며 추가적인 의견을 던졌다.

[이왕 가시기로 결정하셨다면, 그곳에 마스터의 손발을 만들어 놓는 것도 좋을 것 같습니다.]

"응? 그건 또 무슨 소리야?"

느닷없는 슬레인의 말에 수호는 잠시 이해하지 못하고 되물었다.

그런 수호의 질문에 슬레인은 자신의 계획을 차근차근 설명했다.

"오호라! 그것도 나쁘지 않네. 일본 놈들이 한반도를 먹으려 든다면, 난 반대로 그놈들을 정벌하여 한국의 발전을 도모해야겠어."

슬레인으로부터 계획을 들은 수호는 눈을 반짝였다.

3. 일본으로

시노다 케이치는 굳은 표정으로 눈을 감고 방석에 앉아 있었다.

대 야마구치구미의 6대 구미초이인 그가 이런 외진 료칸을 찾는 것은 좀처럼 보기 힘든 일이지만, 그도 어쩔 도리가 없었다.

자민당의 다음 간장으로 유력시되는 하시모토 켄에게서 연락이 온 것이다.

한때 3만 명 이상의 조직원을 가진 전국구 야쿠자 조직이던 야마구치구미는, 현재 1만 명이 조금 넘는 정도로 그 규모가 쪼그라들었다.

그도 그럴 것이, 6대 구미초를 선출하는 과정에서 세 개의 파벌로 나뉘어져 항쟁을 치렀기 때문이다.

더욱이 그렇게 갈라진 조직은 그 상처가 봉합되기는 커녕, 아직도 투쟁 중이기에 자연스레 그 세력은 줄어들었다.

때문에 시노다 케이치는 하시모토 켄의 연락을 무시할 수 없었다.

그는 전성기 때의 야마구치구미라 해도 눈치를 봐야할 정도로 권력이 막강한 존재였다.

야쿠자라는 일은 늘 정계와 떼려야 뗄 수 없는 사이였다.

유력 인사들에게 검은돈을 바쳐 든든한 뒷배를 만들어야 하고, 그들이 더욱 높은 자리로 올라갈 수 있게 도와줬다.

어찌 보면 상생 관계처럼 보이지만, 사실 완벽한 갑을 관계였다.

그러니 한창 항쟁으로 바쁘다 해도 그가 부르면 어쩔 수 없이 얼굴을 비춰야만 했다.

그 때문에 시노다 케이치는 자신의 심복들과 그들의 부하들만 데리고 은밀하게 약속 장소로 나왔다.

언제 어느 때 적대 조직이 기습할지 모르기에, 그를 둘러싼 다른 부하들은 초긴장 상태였다.

"오야붕! 하시모토 의원이 도착했습니다."

그렇게 시노다 케이치가 상념에 잠겨 있는 도중에 부하인 다나카 카즈오의 커다란 목소리가 문 바깥에서 들려왔다.

하지만 그의 보고에도 시노다 케이치는 감긴 눈을 뜨지 않았다.

그저 정갈하게 앉아 길게 숨을 쉬며 마음을 정리하고 있을 뿐이었다.

드르륵!

일본 전통 료칸의 미닫이문이 열리고 방 안으로 일단의 사내들이 들어왔다.

문이 열리는 소리에 자리에 앉아 있던 시노다 케이치가 드디어 눈을 뜨고 자리에서 일어났다.

초대가 마음에 들지 않는다고 해서 권력자의 앞에서 티를 낼 수는 없다.

조직에 어떤 악재로 되돌아올지 모르기 때문이었다.

방 안으로 들어오는 이들을 반갑게 맞이하던 시노다 케이치는 한 사내를 보고 어금니를 깨물었다.

그도 그럴 것이, 하시모토 켄의 뒤로 수행원처럼 들어오는 사내가 바로 자신과 항쟁을 벌이고 있는 고베 야마구치구미의 와타나베 마사히로였기 때문이다.

와타바네 마사히로는 자신이 야마구치의 6대 구미초

로 지명될 때 거세게 반발했다.

당연히 자신이 그 자리를 차지할 것이라 생각했기 때문이다.

사실 조직 내에서도 5대 구미초인 와타나베 요시노리의 뒤를 이을 것이라 생각하는 자들이 많았다.

그는 와타나베 요시노리의 배다른 동생이었기 때문이다.

나이가 비슷하다면 권력을 놓고 다투겠지만, 워낙 차이가 나다 보니 와타나베 요시노리는 그를 아들처럼 키웠다.

하지만 야마구치구미처럼 인원이 몇만 명을 넘어갈 정도로 커진다면 아무리 보스라 해도 함부로 혈족을 차기 보스로 지명할 수 없었다.

실제로 자식이나 혈족에게 보스의 자리를 대물림한 사례는 1대 구미초 단 한 번뿐이다.

당시에는 규모가 그렇게까지 크지 않았기에 가능한 일이었다.

3대부터는 야마구치가 아닌 다오카 카즈오에게, 4대는 다케나카 마사히사에게 그 자리가 계승됐다.

그렇기에 와타나베 요시노리가 아무리 마사히로를 아들처럼 키웠다고 해도 다음 대 구미초의 주인은 심사숙고할 수밖에 없었다.

결국 와타나베 요시노리의 유언장에 따라 6대 구미초는 시노다 케이치로 확정됐다.

하지만 와타나베 마사히로는 이복형의 결정을 따르지 않았다.

장례식이 끝나자마자 바로 시노다 케이치에게 반기를 들며 고베 야마구치구미란 이름의 새로운 세력을 만들었다.

시노다 케이치가 정통 야마구치구미가 아닌, 고토카이 방계 출신이라는 점에 반발심을 가지고 있던 자들 또한 와타나베 마사히로에게 동조하며 그의 밑으로 들어갔다.

게다가 시노다 케이치에게 반기를 든 것은 비단 와타나베 마사히로뿐만이 아니었다.

야마구치구미의 하위 조직인 사카우메구미의 오야붕 미츠노 요시무라 또한 조직이 어수선한 틈을 타서 독자 노선을 걷기 시작했다.

겨우 100여 명에 불과한 군소 조직이라 시노다 케이치는 고베 야마구치구미 때처럼 그리 큰 신경을 쓰진 않았다.

다만, 오사카 지역의 빠칭코와 도박장의 대부분을 잡고 있는 그들의 수익은 만만치 않았다.

그래서 언젠가는 그들이 관리하는 구역을 정리할 계

획이긴 했다.

자신의 눈앞에 있는 와타나베 마사히로를 먼저 굴복 시키고 난 뒤에 말이다.

"일찍 왔군."

먼저 약속 장소에 와 있던 시노다 케이치의 모습을 확인한 하시모토 켄은 은근슬쩍 그를 위아래로 훑어보 았다.

뿌드득!

시노다 케이치는 너무도 성의 없는 그의 반응에 자신 도 모르게 어금니를 꽉 깨물었다.

"앉지."

하시모토 켄은 당연하다는 듯 방에 들어오자마자 상 석에 가서 앉고는 자신을 따라 들어온 일행들에게 자리 를 권했다.

이로 인해 먼저 자리를 잡고 있던 시노다 케이치는 닭 쫓던 개 마냥 위치가 어정쩡해져 버렸다.

'하시모토 켄… 이렇게 나온단 말이지…….'

아무리 야마구치구미가 전통적인 극우파라 하지만, 이런 대접을 받으면서까지 하시모토에게 고개를 숙일 필요성은 없었다.

아니, 오히려 자민당 안에 있는 극우파 의원은 하시 모토 말고도 많았다.

게다가 하시모토 켄이 비록 자민당의 차기 간사장으로 유력시되는 인물이기는 하지만, 그의 대항마가 없는 것도 아니다.

시노다 케이치는 조용히 자리에 앉았다.

아무리 그렇다 한들 지금 이 자리에서 자신의 속마음을 들킬 수는 없었다.

만약 앞뒤 가리지 않고 덤벼들면, 손을 써 보기도 전에 자신의 조직은 와해될 것이다.

때문에 와타나베 마사히로가 자신을 겁내지 않고 저렇게 방자하게 있는 것이다.

시노다 케이치는 자신을 무시하는 하시모토 켄보다 그걸 지켜보며 비웃는 와타나베 마사히로의 눈빛이 더욱 화가 났다.

"야마구치구미가 해야 할 일이 있다."

다른 사람들은 어떤 생각을 하고 있는지 알 바 없다는 듯, 하시모토 켄은 대답을 기다리지 않고 자신의 말만 꺼냈다.

"조선의 기업인 하나를 처리해 줘야겠다. 마침 그가 이곳으로 온다고 하니 아주 좋은 기회일 테지. 깔끔하게 처리해."

하시모토 켄은 테이블 위에 사진 한 장을 올려놓고, 그것을 탁자 한가운데로 밀었다.

'누구지?'

시노다 케이치의 시선이 자연스레 수호의 사진으로 향했다.

무척이나 잘생긴 외모를 가지고 있어 쉽게 잊히진 않을 것 같았다.

'아이돌인가? 아니지…….'

분명 조금 전에 사진 속 인물이 기업인이라고 들었다.

하지만 자신의 눈에는 기업인이라기보단 요즘 한창 인기를 얻고 있는 한류 스타처럼 보였다.

시노다 케이치가 그런 생각을 하며 목표를 뇌리에 각인시키고 있을 때, 와타나베 마사히로가 하시모토 켄에게 질문했다.

"누구입니까?"

드디어 기회가 온 거라 판단한 와타나베 마사히로는 적극적인 반응을 보이기 시작했다.

그런 그의 모습에 기분이 좋아진 하시모토 켄은 씨익 웃으며 수호에 대한 정보를 말해 주었다.

하시모토의 이야기를 모두 들은 시노다 케이치는 깜짝 놀랐다.

사진으로만 봐선 이제 겨우 20대 초반으로 보이는데 한국의 특수부대를 나온 베테랑 군인 출신이며, 또 거대 그룹을 운영하는 최고 책임자라는 게 믿기지 않았다.

수호의 이력을 듣고 놀란 것은 와타나베 마사히로 또한 마찬가지였다.

와타나베 마사히로는 야쿠자 오야붕이면서도 특이한 경력을 가지고 있었다.

그것은 바로 일본 육상 자위대 공정사단 출신이란 것이다.

일본은 군대가 없지만, 국가를 지키는 자위대란 준군사 조직이 있다.

그런 자위대에 안에는 다른 나라의 특수부대에 준하는 집단이 있는데, 바로 공정사단이다.

그들은 한국으로 치면 공수부대에 해당하는 집단으로서 엄밀히 따지자면 다른 곳보다 훈련이 힘든 부대일 뿐이다.

물론 그들이 쓰는 장비만 따진다면 외국의 특수부대에 버금가기는 하지만, 개개인의 전투 능력이나 연합작전 능력은 매우 떨어졌다.

하지만 일본 내에서는 외국의 어떤 특수부대와 견주어도 못하지 않다고 자위했다.

지금도 와타나베 마사히로는 수호의 사진을 보며 호승심에 눈을 반짝이고 있었다.

"이자를 처리할 때 말입니다. 혹시……."

와타나베 마사히로는 무언가를 기대하는 듯 하시모토 켄에게 되물었다.

"뒷수습은 경시청에서 할 것이니 걱정하지 말게."

하시모토 켄은 와타나베 마사히로를 보며 고개를 끄덕이고는 말을 이어 나갔다.

"이번 일만 잘 처리한다면, 총리께서 큰 선물을 줄 것이네."

하시모토 켄은 두 사람을 돌아보며 나지막이 이야기했다.

그러자 와타나베 마사히로는 자리에서 벌떡 일어나 한쪽 입꼬리를 올리며 대답하였다.

"저 와타나베 마사히로가 그를 처리할 것입니다."

시노다 케이치는 다른 사람이 볼 수 없게 고개를 살짝 숙이며 눈살을 찌푸렸다.

그도 그럴 것이, 자국의 국회의원이 한국 기업인의 살인을 의뢰한 것이다.

그것도 차기 자민당 간사장으로 유력시되는 하시모토 켄이 직접 자신에게 찾아와서 말이다.

시노다 케이치는 뭔가 꺼림칙한 느낌을 지울 수 없었다.

더욱이 타깃의 이력만 놓고 본다면 절대 평범하다 하

지 못했다.

좀 더 많은 정보를 알아봐야 하겠지만, 시노다 케이치는 이번 의뢰가 만만치 않을 것 같다는 예감이 들었다.

＊　　　＊　　　＊

일본에서 자신을 향한 음모를 꾸미고 있을 때, 수호는 그들을 역으로 공격할 계획을 세운 뒤 일본으로 향했다.

수호가 인천국제공항에 도착하자, 뜻하지 않은 만남이 기다리고 있었다.

"삼촌? 공항에는 어쩐 일이세요?"

수호의 모습을 가장 먼저 발견한 크리스탈이 인사하며 다가왔다.

"나야 일본에 일이 있어서… 그런데 너희야말로 공항엔 어쩐 일이야? 혹시 화보 촬영?"

수호는 저번 혜윤의 딥페이크 영상 사건 이후, 오랜만에 보는 플라워즈의 얼굴을 보며 반갑게 인사를 건넸다.

"네, 맞아요. 저희 일본으로 화보 촬영하러 가요. 저번 혜윤 언니 일 때문에 무산될 뻔했는데, 다행히 해결

돼서 취소되지 않았어요."

"그래? 잘됐네. 그런 일 있으면 바로바로 삼촌에게 연락해. 알았지?"

"네!"

수호의 말에 크리스탈을 비롯한 플라워즈 멤버들은 한목소리로 대답하였다.

만약 크리스탈이 제때 연락하지 않았다면 혜윤은 자신이 하지도 않은 일로 인해 연예계에서 매장당할 뻔했다.

혜윤은 자신이 좋아하는 수호가 괜한 오해를 하지 않을까 걱정하며 말하지 않았다.

다른 멤버들도 혜윤의 부탁과 여자로서 수치스러운 일에 동경하는 삼촌을 끌어들이는 것은 부담스러웠기 때문이다.

때문에 회사에서 해결해 준다는 말만 믿고 기다렸지만, 그들은 생각보다 적극적으로 문제를 해결하려 들지 않았다.

결국, 수호에게 건 전화 한 통으로 인해 일은 간단하게 마무리되었다.

플라워즈 멤버들은 어떻게 그런 문제를 아무런 잡음 없이 해결한 건지 궁금했지만, 굳이 물어보지는 않았다.

자신들이 알아봐야 괜히 일만 복잡해지고, 또 그리 좋을 것 같지 않았기 때문이다.

그저 자신들이 비슷한 일을 겪으면 언제든 도와준다고 하는 삼촌이 든든할 뿐이었다.

"그런데 화보 촬영은 어디로 가는 거야? 난 오사카를 거쳐서 고베로 가는데."

수호는 문득 그녀들의 행선지가 궁금해졌다.

혹시나 겹칠지도 모르겠다는 생각이 들었기 때문이다.

그러자 그 누구보다 먼저 크리스탈이 방방 뛰며 입을 열었다.

"일단 따뜻한 오키나와에서 수영복 화보 촬영을 마치고, 그다음에는 일본의 유명 온천의 투어가 있어요. 여관 홍보차 방문해 달라고 했거든요."

일본은 전국에 온천 여관이 무척이나 많았다.

그도 그럴 것이, 불의 고리에 속해 있어 도처에 화산과 온천이 즐비하기 때문이었다.

그중에서도 후쿠오카의 유후인이나 도쿄의 하코네 등은 일본 내에서도 무척이나 유명해 버킷 리스트에 넣는 사람도 있을 정도였다.

하지만 수호는 뭔가 이상하다고 생각했다.

일본 내에도 온천 코스 화보를 찍으려는 연예인이 많

을 텐데 굳이 플라워즈에게 의뢰를 한 것이다.

그것도 수호가 일본을 방문하는 공교로운 시기에 말이다.

'슬레인, 혹시 모르니 누가 이들에게 이번 촬영을 의뢰한 것인지 좀 알아봐!'

수호는 의심을 멈추지 않고 슬레인에게 조사를 지시했다.

— 인천발 오사카 행 KAL 080기의 탑승 수속이 진행될 예정입니다. 다시 한번 알려 드립니다……

그렇게 플라워즈 멤버들과 사담을 나눈 지 얼마나 됐을까.

수호가 타야 하는 오사카 행 비행기에 대한 안내 방송이 공항에 울려 퍼졌다.

"난 슬슬 가 봐야 할 것 같다. 곧 이륙한다고 하네."

수호는 플라워즈 멤버들에게 작별 인사를 하였다.

"네, 삼촌. 일본에서 하시는 일 잘 성사되길 빌어요."

여태 조용히 동생들과 수호의 이야기를 듣고 있던 혜윤이 조심스럽게 입을 열었다.

"응. 너도 지난 일은 빨리 털어 버리고, 촬영 잘해라."

수호는 자신의 일을 기원하는 혜윤의 머리를 살며시 쓰다듬고는 미소를 지었다.

혜윤은 수호의 손길을 거부하지 않고 고개를 푹 숙였다.

그도 그럴 것이, 수호의 손길은 다른 남자들의 장난 같은 것이 아닌, 무척이나 자상하며 자신들을 배려해 주는 것이 느껴지기 때문이었다.

"삼촌, 일 빨리 끝나면 저희 촬영 보러 오세요."

크리스탈은 탑승 수속을 하러 가는 수호의 등 뒤에 대고 소리쳤다.

그렇게 플라워즈 멤버들이 짧은 수호와의 만남에 아쉬워하고 있을 때, 그 옆에 서 있는 김찬성이나 다른 매니저들은 아무런 말도 꺼내지 못하고 조용히 자리를 지키기만 했다.

그도 그럴 것이, 얼마 전에 벌어진 일로 인해 수호와 한빛 엔터의 관계가 틀어져 예전 같지 않았기 때문이다.

*　　　　*　　　　*

사카우메구미의 오야붕 미츠노 요시무라는 아침부터 들려오는 까마귀와 까치의 울음소리에 뭔가 이상한 예감이 들었다.

[길아, 아침에 까치가 울면 좋은 만남이 있을 징조이니 마음가짐을 바르게 하고, 까마귀가 울면 흉한 일이 있을지 모르니 조심해야 한다. 알겠니?]

어린 시절 자신에게 무릎베개해 주시며 이런저런 이야기를 들려주시던 할머니가 문득 떠올랐다.

'아니, 이게 무슨 일이지?'

언제나 비슷하게 반복되는 일상인데 오늘은 뭔가 다르게 느껴졌다.

"만남의 징조라……."

다만, 이것이 좋은 기미인지 아니면 나쁜 일이 일어날 흉조인지는 알 수가 없었다.

두근두근.

이제는 미혹되지 않는다는 불혹도 한참 지나, 벌써 쉰에 들어선 미츠노 요시무라다.

그런데 오늘은 수라도에 뛰어들던 스무 살 시절처럼 심장이 두근거렸다.

"오노!"

"하이!"

"오늘은 무슨 일이 일어날 것 같으니 꼬붕에게 알려

주변이 소란스럽지 않도록 잘 단속하라고 전해라!"

미츠노 요시무라는 왠지 모를 예감에 부하 중 한 명인 오노에게 명령을 내렸다.

"하이!"

오노는 오야붕의 명령을 듣고 즉시 밖으로 나가 그의 말을 전파하였다.

넓은 저택 안에 있던 사카우메구미의 야쿠자들은 소식을 듣자마자 일사불란하게 움직였다.

아침을 준비하던 이들은 물론이고, 각 사업장의 문을 열던 식구들까지 모두 하나가 되어 미츠노 요시무라의 명령을 수행했다.

* * *

"여기가 사카우메구미의 본거지인가?"

수호는 택시에서 내리자마자 보이는 커다란 저택의 정문을 앞에 두고 중얼거렸다.

그렇게 수호가 차에서 내리자, 뒤이어 따라오던 몇 대의 차량에서 정체를 알 수 없는 10여 명이 내려 그의 뒤에 도열했다.

사카우메구미의 본산인 저택의 정문 앞을 지키던 야쿠자들은 경계를 멈추지 않고 안으로 소식을 전했다.

그들의 정체는 바로 수호를 돕기 위해 같이 온 SH시큐리티의 경호원들이었다.

그들의 위압감 넘치는 모습에 야쿠자들은 경계하며 여기 온 목적을 물었다.

이에 수호는 답하지 않고, 오히려 그들에게 질문을 던졌다.

"여기가 사카우메구미의 오야붕이 있는 곳이 맞나?"

"그렇다. 어디서 온 이들인지는 모르겠지만, 일반인 이라면 접근하지 말고 그냥 갈 길을 가는 것이 좋을 거 다!"

사실 수호의 일행은 누가 봐도 일반인처럼 보이진 않 았다.

하지만 사카우메구미의 정문 경비대의 조장인 이노우 에는 괜한 문제를 만들고 싶지 않은 건지, 그들과 부딪 히려 하지 않았다.

그런 이노우에의 모습에 수호의 눈이 반짝였다.

한국의 조폭과는 다른 모습을 보이는 야쿠자들을 보 며 잘만 하면 일본에 자신의 세포를 심어 놓을 수도 있 을 것 같다고 생각했기 때문이다.

물론 일이 계획과는 다르게 흘러가는 것을 대비해 다 른 여러 방책도 준비해 두었다.

수호는 머릿속에서 짧게 생각을 정리한 뒤, 이노우에

에게 접근했다.

"내 말 못 들었나?"

자신을 향해 다가오는 수호와 경호원들의 모습에 압박감을 느낀 이노우에는 궁지에 몰린 쥐가 고양이를 물듯 그들에게 소리쳤다.

"일없으면 썩 꺼지라니까!"

제법 위협적인 모습이지만, 수호나 SH시큐리티 직원들에게 효과적이지는 않았다.

"나는 너희 두목에게 할 제안이 있어 찾아왔다. 안내를 부탁한다."

얼핏 보면 수호는 매우 정중해 보이지만, 그의 기세를 받아 내야 하는 당사자에게는 그렇지 않았다.

오히려 위에서 모두를 내려다보는 지배자가 명령하는 느낌마저 드는 목소리였다.

'윽!'

수호를 정면에서 막아선 이노우에는 속으로 신음을 흘리며 낭패로운 감정을 느끼고 있었다.

하지만 자신을 지켜보는 많은 시선이 있기에, 이를 겉으로 드러내지 않고 견딜 뿐이었다.

수호는 그가 얼마나 오랜 기간 수라장을 헤쳐 온 것인지 알 수 있을 것 같았다.

그도 그럴 것이, 수호는 과거의 전장에서처럼 살기와

적을 압도하는 기세를 내뿜고 있기 때문이다.

'제법이네.'

약간씩 흔들리긴 하지만, 자신의 기세를 정면으로 받으면서도 동요하지 않는 티를 내려고 하는 이노우에의 모습에 수호는 마음속으로 작게 감탄했다.

"아직도 기다려야 하나?"

그렇지만 더는 기다려 줄 수 없었다.

수호는 이노우에를 향한 기세를 좀 더 키웠다.

결국, 갑자기 강해진 압박감에 이노우에는 더 이상 견디지 못했다.

심지어 다리가 살짝 풀렸는지 주춤거리며 몇 발자국 뒷걸음질 치기까지 했다.

"이게 대체 무슨 소란이야!"

정문에서의 소란이 안채에 전달된 건지, 좀 더 많은 수의 야쿠자들이 밖으로 쏟아지듯 나왔다.

"네놈들은 누구냐? 누군데 대 사카우메구미 본영에서 이리 소란을 피우는 것이냔 말이다!"

다급히 뛰어나온 오노는 정문 경비대 조장 이노우에를 압박하고 있는 수호를 보자마자 소리쳤다.

"너희 두목에게 제안할 게 있어서 왔다. 안내해라."

수호가 차가운 시선을 오노에게로 돌리자 그 또한 주춤거리며 뒤로 물러났다.

"어디서 온 누구십니까?"

자신이 상대할 존재가 아님을 느낀 오노는 빠르게 태도를 바꿨다.

그의 기세가 한풀 꺾인 것을 본 수호는 씩 웃었다.

"난 한국에서 온 정수호라고 한다."

오노는 잠깐의 고민 끝에 조심스럽게 입을 열었다.

"잠시만 기다리시기 바랍니다."

아무리 수호의 기세가 무섭다고는 해도 정식으로 약속을 잡은 사람이 아니기에 오야붕인 요시무라에게 바로 안내할 수는 없었다.

하지만 오야붕이 오늘 넌지시 만남에 대해 중얼거리는 것을 들은 오노는 혹시나 싶어 일단 의사를 물어보기로 했다.

"오야붕, 오노입니다. 잠시 들어가도 되겠습니까?"

그의 방문 앞에 무릎을 꿇은 오노는 명령이 떨어지길 기다렸다.

"들어와라."

오노는 조심스레 미닫이문을 열고 안으로 들어갔다.

"밖이 매우 소란스러운데, 내가 오늘 아침에 뭐라고 했지?"

"죄, 죄송합니다. 오야붕!"

미츠노 요시무라는 들고 있던 찻잔을 살며시 탁자에

내려놓았다.

"그래, 대체 무슨 일 때문에 이 난리가 난 거냐?"

"그, 그게… 한 한국인 무리가 우야붕에게 제안할 것이 있다고 정문 앞에서 진을 치고 있습니다."

미츠노 요시무라는 대번에 미간을 찌푸렸다.

"그럼 그냥 쫓아내면 되지 않느… 잠깐."

평소의 그라면 뒤돌아볼 것도 없이 폭력을 써서라도 수호 일행을 축객했을 것이다.

하지만 아침에 본 징조가 미츠노 요시무라를 멈춰 세웠다.

"어디서 온 거라고 했지? 한국?"

"예, 오야붕. 한국에서 온 정수호라고 했습니다."

미초노 요시무라는 한 손으로 턱을 문지르며 고민에 빠졌다.

"일단 만나보도록 하지."

그렇게 오노가 떠난 지 얼마 지나지 않아, 수호는 금세 오야붕인 요시무라의 초대를 받아 안으로 들어갔다.

원칙대로라면 불가능한 일이었다.

사카우메구미가 비록 100여 명의 작은 조직이라 하지만, 그래도 일본 전국에 지부를 둔 야마구치구미의 방계 조직 중 하나였다.

게다가 오야붕인 미츠노 요시무라는 한때 6대 구미초

를 두고 시노다 케이치와 경쟁하기까지 한 실력자였다.

그렇기에 사전에 약속된 것이 아니라면 결코 쉽게 그를 만날 수는 없었다.

그런데도 무턱대고 찾아온 수호가 그와 이야기를 나눌 기회를 얻은 것은 전적으로 미츠노 요시무라의 변덕 때문이었다.

*   *   *

사카우메구미의 본영 심처에 마련된 방.

그곳에서 오야붕인 미츠노 요시무라와 그의 형제들, 그리고 수호의 면담이 이루어지고 있었다.

"그래, 나를 보자고 찾아온 이유가 무엇인가?"

자신보다 한참이나 젊어 보이는 수호를 보며 요시무라가 물었다.

이에 수호는 담담히 미소를 지으며 자신 앞에 놓인 차를 가볍게 한 모금 마셨다.

사실 수호는 미츠노 요시무라의 질문이 마음에 들지 않았다.

비록 그가 자신보다 나이가 많다고는 하지만, 이 자리는 결코 나이의 많고 적음으로 위아래가 나뉘는 것이 아니었다.

탁.

수호가 찻잔을 내려놓자, 가볍지만 분위기를 한순간에 바꿔 버릴 듯한 소음이 들렸다.

"내 이름은 정수호라고 한다. SH 그룹의 회장이기도 하지."

수호는 자신의 정체를 당당히 밝혔다.

이곳이 일본의 최대 야쿠자 조직인 야마구치구미의 방계 중 하나라는 것을 알면서도 말이다.

"SH 그룹?"

그런 수호의 태도 때문에 주변에선 불편한 기색이 보이기 시작했다.

미츠노 요시무라는 헛웃음을 지었다.

자신의 앞에 앉아 이렇게 방자하게 이야기하는 젊은이는 단 한 번도 본 적이 없었기 때문이다.

'SH 그룹이라, 어디서 많이 들어 본 이름인데……'

그러면서도 뭔가 생각이 날 듯 말 듯 하여 답답함을 감추지 못하고 있었다.

그러던 중.

'헉!'

한참을 궁리하던 미츠노 요시무라는 SH 그룹이란 단어와 정수호란 이름을 생각해 낼 수 있었다.

야마구치구미에 있는 첩자로부터 하시모토 켄이 그의

암살 의뢰를 건 것을 들은 것이다.

미츠노 요시무라는 수호의 대담함에 경악을 금할 수가 없었다.

이곳은 그에겐 적진이나 다름이 없는 공간이었다.

그런 곳에 제 발로 찾아와 당당히 있는 수호를 본 미츠노 요시무라는 매우 당황했다.

하지만 그도 다년간 수라장을 겪은 무장 중 한 명이었다.

자신이 놀란 것을 겉으로 표시할 정도로 미숙한 사람은 아니었다.

"그래, 내게 제안할 것이 있다고 하던데… 그게 무엇인가?"

수호는 아직도 자신을 낮게 보는 미츠노 요시무라에게 우선 자신의 능력을 보여 주기로 마음먹었다.

"일단 누가 위인지 한번 확인을 시켜 줘야 할 것 같군."

"뭣이라!"

너무도 오만한 듯한 수호의 태도를 본 미츠노 요시무라는 버럭 소리를 질렀다.

그는 지금까지 이런 말을 들어 본 적이 없었다.

비록 조직 구성원의 숫자가 겨우 100여 명이라 해도 모두가 일당백의 용자들이었다.

그렇기에 100배가 넘는 규모를 가지고 있는 야마구치 그리고 고베 야마구치도 자신들을 치지 못하고 있다.

그런데 일개 한국의 기업인이 감히 자신에게 이런 말을 한다는 것이 기가 막혔다.

"칙쇼! 당장 사과하지 않는다면 험한 꼴을 볼 것이다!"

수호의 말에 화가 난 사카우메구미의 조직원 중 하나가 수호를 보며 호통쳤다.

평소라면 오야붕이 손님과 대화할 때 끼어들지 않는 것이 예의인지라 처벌받았을 것이다.

하지만 미츠노 요시무라는 아무런 말도 하지 않고 조용히 수호의 얼굴만 노려보았다.

수호는 이에 기죽지 않고 조용히 미소를 지으며 한 손을 들어 신호를 보냈다.

그러자 수호의 뒤에 서 있던 경호원 중 한 명이 굳게 닫힌 미닫이문을 열고 정원으로 내려갔다.

사카우메구미의 오야붕과 면담하고 있던 방 옆에는 잘 가꾸어진 일본식 정원이 있었다.

SH시큐리티 직원 중 한 명인 장재원은 그곳에 서서 방 안, 정확하게는 조금 전 수호의 말에 반응을 보인 사카우메구미의 조직원을 쳐다보았다.

"오야붕!"

장재원이 자신을 노려보자 모욕을 받은 것이라 생각한 시나무라 켄이 오야붕에게 무릎을 꿇고 자신을 내보내 달라고 부탁했다.

미츠노 요시무라는 조용히 고개를 끄덕였다.

"히야!"

오야붕인 요시무라의 승인이 떨어지자마자 시나무라 켄은 마치 짐승이 상대에게 위협을 가하듯 소리 지르며 정원으로 뛰어갔다.

"저 자 한 명으로 내 경호원을 상대할 수 있을 것 같나? 몇 명 더 보내는 게 좋을 텐데."

수호는 당황하지 않고 오히려 미츠노 요시무라를 도발했다.

"겁이 없는 건가? 아니면 미친 것인가?"

미츠노 요시무라는 수호를 보는 눈을 빛내며 물었다.

그 목소리에는 허튼소리하면 죽여 버리겠다는 각오가 서려 있었다.

그런데도 수호는 일절 흔들리지 않고 이죽댔다.

"제 역량도 모르면서 무슨······. 뭐, 할 수 없지."

수호는 분수도 모르고 까부는 요시무라와 야쿠자들을 보며 장재원에게 작게 손짓해 보였다.

장재원은 수호가 굳이 말을 하지 않아도 그 뜻을 알 수 있었다.

앞에 있는 시나무라 켄을 제압하라는 소리였다.

장재원은 수호에게 고개를 숙여 보인 뒤에 시나무라 켄을 쳐다보며 손가락을 까딱거렸다.

오래전에 죽은 중국계 무술인이며 영화배우인 이소룡이 적을 도발할 때 선보이던 그 손짓이었다.

자신을 무시하는 장재원에게 화가 난 시나무라 켄은 요란한 기합을 내지르며 그에게 달려들었다.

"끼야!"

퍽!

소리는 요란하지만, 결과는 너무도 허무하게 끝났다.

달려드는 시나무라 켄을 향해 장재원은 정확하게 스트레이트를 안면에 꽂으며 한 방에 그를 제압했다.

철퍼덕!

장재원의 정권을 맞은 시나무라 켄은 마치 짜고 친 것처럼 달려들던 것보다 배는 빠르게 뒤로 넘어가 꿈틀대기 시작했다.

"아니……."

"헛!"

요시무라의 뒤에 도열하고 있던 사카우메구미의 조직원들은 물론이고, 정원을 빙 둘러싸고 있던 야쿠자들까지 너무도 허무한 결말에 깜짝 놀랐다.

이들은 시나무라 켄이 얼마나 강한지 알고 있었다.

때문에 예상치 못한 결말에 침음을 삼켰다.

시나무라 켄은 학창 시절 일본 가라데 대회에서 청소년부 준우승을 차지한 적 있는 실력자다.

그것도 지역이 아닌, 전국 대회에서 말이다.

비록 체급의 차이가 있다고는 하지만, 그런 실력자가 정면 대결에서 한 방에 제압이 될 정도로 차이가 난다는 사실이 믿기지 않았다.

"이번에는 제가 나가 보겠습니다."

요시무라의 뒤에 있던 중간 간부 중 시나무라 켄보다 상위 서열에 위치한 마츠다 벤케이가 일어났다.

그는 한때 스모계에서 두 번째로 높은 자리인 오제키에 오른 적이 있는 강자였다.

하지만 합숙 중 일어난 싸움에서 상대를 때려죽이는 바람에 야쿠자의 길로 들어서게 된 사람이었다.

사실 그는 재일 교포 출신이었다.

하지만 귀화를 했음에도 꼬리표와 같이 따라다니던 그의 출신은 마츠다 벤케이를 극한으로 몰고 갔다.

그가 싸움을 하게 된 것도 이를 두고 따돌리던 상대의 시비 때문이었다.

당시 그는 재일 교포라는 것 때문에 오제키에서 두 단계나 낮은 코무스비로 강등된 상태였다.

이를 두고 상대가 약을 올리자 마츠다 벤케이는 결국

참지 못하고 손이 나갔다.

상대는 뒤로 넘어지며 모서리에 머리를 세게 박았고, 생을 마감한 것이다.

그렇게 마츠다 벤케이는 스모계에서 영원히 퇴출당했다.

그 일로 방황하다가 결국 스모에 대한 미련을 모두 버리고 야쿠자의 세계로 들어왔다.

그러던 중 미츠노 요시무라의 눈에 띄어 그의 의형제가 되고, 사카우메구미의 조직원이 되었다.

그렇게 미츠노 요시무라의 뒤를 이어 조직의 이인자가 된 그는 행동 대장인 시노무라 켄의 패배를 참지 못하고 직접 나서기로 했다.

신장 198㎝에 몸무게만 120㎏ 이르는 마츠다 벤케이는 사실상 사카우메구미의 최강자였다.

그에 비해 장재원의 키는 그보다 작은 비교적 슬림한 체격을 가지고 있었다.

언뜻 봐선 상대가 되지 않는 모습이었지만, 장재원은 자신보다 거대한 마츠다 벤케이를 상대로 전혀 기죽지 않았다.

아니, 오히려 해 볼 만 한 상대가 나왔다고 생각하여 더욱 투지를 불태우고 있었다.

4. 겟코엔 고로칸의 전투

고베에는 일본에서 가장 오래된 온천 중 하나가 있다.

도고, 시라하마와 함께 일본 3대 전통 온천에 꼽히는 이곳은 오래전부터 일본의 왕족과 귀족 그리고 사무라이들이 많이 찾곤 했다.

특히나 고베 아리마 온천은 철분 함량이 높고 염분의 농도가 해수의 2배에 달했다.

그래서 근육통이나 신경통, 그리고 피부병에도 효과가 좋은 것으로 알려졌다.

하지만 수호가 이곳을 찾은 것은 온천을 즐기기 위해

서가 아니었다.

자신을 습격하려는 일본 정부의 음모를 알고, 이를 역으로 이용하고자 여기에 온 것이다.

수호는 하시모토 켄이 의뢰를 넣은 야쿠자들을 자신의 수중에 넣을 생각이었다.

특히나 극우파의 명령을 따르는 일본 최대 야쿠자 조직인 야마구치구미를 굴복시킨다면, 앞으로의 일이 대번에 쉬워질 것이다.

물론 다른 야쿠자 조직 중에서도 친정부 성향이 없진 않았다.

하지만 야마구치구미의 경우, 극우파들의 하수인 역할을 제일 많이 하며 그들에게 막대한 로비를 하고 있었다.

비록 지금은 3개의 파벌, 야마구치구미, 고베 야마구치구미, 그리고 오사카의 사카우메구미로 분열하여 항쟁을 하지만, 수호는 하시모토 켄이 이들을 이용할 것임을 확신했다.

그래서 이들 중 가장 규모가 작은, 그러면서도 자신이 손에 넣었을 때 움직이기 편한 사카우메구미를 제압했다.

일단 지금은 조금이라도 적의 규모를 줄일 필요성이 있었다.

또한 일을 벌일 때, 자신의 알리바이를 만들기도 편했기 때문이다.

더욱이 사카우메구미의 간부 중 대다수가 순수한 일본인이 아니라는 이유 때문에 살면서 많은 차별과 핍박을 받은 적이 있었다.

지금이야 귀화를 하고 또 야쿠자란 특수한 직업 때문에 차별보다는 공포의 대상일 뿐이었다.

하지만 야마구치구미 내부에선 아직도 조직 내 서열 상승에 차이를 두고 있기에 가슴 저 밑바닥에는 앙금이 쌓여 있을 것이 분명했다.

그래서 수호는 사카우메구미를 자신의 말로 선택하고, 다음으로 고베 야마구치구미를 타깃으로 삼은 것이었다.

그가 이곳 고베 아리마 온천을 찾은 이유가 바로 그 때문이었다.

현재 조직 내 파벌 다툼이 장기화됨에 따라 이를 의식한 일본의 경시청에서는 특단의 조치를 발령한 상황이었다.

그리하여 야마구치구미는 특정 항쟁 지정 폭력단이 되어 5인 이상의 모임을 가질 수 없는 상태가 되고 말았다.

이 법령에 불응하면 구속을 피할 방법이 없으니, 아

무리 집권 여당의 권력자인 하시모토 켄의 명령이 있다 해도 그들 모두가 움직이진 못할 게 당연한 사실이었다.

그러니 굳이 사카우메구미 때처럼 쳐들어가기 본단 그들을 자신이 있는 곳으로 끌어들여 잡는 것이 훨씬 쉬운 일이다.

게다가 고베 야마구치구미의 오야붕인 와타나베 마사히로는 공명심이 강한 인물이었다.

하시모토 켄의 신임을 얻기 위해서라도 그는 야마구치구미에게 알리지 않고 공을 독식하기 위해 분명히 먼저 나설 것이 분명했다.

그렇게 온천에 앉아 생각을 정리하고 있는 수호에게 슬레인이 말을 걸었다.

[마스터, 이곳에는 CCTV가 별로 있지 않아 경계에 빈틈이 많아 보입니다.]

슬레인은 수호와 경호원들이 머물고 있는 겟코엔 고로칸 주변 CCTV를 해킹하여 주변을 감시하고 중이었다.

하지만 아리마 최고의 절경이 보이는 온천 지역이다 보니 개인의 프라이버시 보호 때문에 CCTV가 많이 설치되어 있지 않았다.

게다가 주차되어 있는 차량들에도 블랙박스가 부착되

어 있지 않아 주변을 감시하는 데 사각이 너무도 많았다.

"대체 뭘 걱정하는 거야?"

수호는 야쿠자 몇 명이 찾아오든 모두 상대할 자신이 있었다.

실제로 그가 가지고 온 무기들을 걸친 경호원들은 모두 탈인간급 신체 능력을 가지게 되었다.

하지만 그런 사실을 누구보다 잘 알아야 하는 슬레인이기에, 수호는 떨떠름한 반응을 보였다.

[마스터의 능력 부족에 대한 걱정을 하는 것이 아닙니다. 그저 증거를 확보하지 못한다면 후일 더 귀찮은 일이 생길 수도 있다는 판단 때문입니다.]

슬레인은 이미 일이 끝난 뒤, 수습할 일을 생각하고 있었다.

수호는 고개를 끄덕이며 고민에 빠졌다.

슬레인의 말이 일리 있었기 때문이다.

확실한 증거를 확보해 놓지 않는다면, 일본 정부는 늘 그러듯 모르쇠로 일관하며 오히려 수호를 가해자로 만들지도 몰랐다.

하지만 문제에 대한 해답은 의외로 정말 간단하게 나왔다.

"그럼… 네가 카메라를 몇 대 사다가 설치하면 되는

거잖아."

[그래도 되겠습니까?]

"알아서 해. 그런데 오랜만에 온천에 몸을 담그니 좋네."

수호는 비록 일본의 음모에 대응하고, 이참에 일본을 자신의 아래로 두기 위해 계획적으로 이곳을 찾기는 했다.

하지만 온천수에 몸을 담그니 신선이 따로 없다는 생각이 들었다.

"이번 일만 끝나면 부모님과 함께 와도 좋을 것 같네."

온천으로 유명한 일본에서도 알아주는 관광 명소인 이곳 아리마는 초인이 된 수호에게도 느낌이 무척이나 좋았다.

＊　　　＊　　　＊

"허, 그놈이 내 안방이나 다름없는 곳에 찾아왔다고?"

와타나베 마사히로는 두 눈을 마구 깜박이며 중얼거렸다.

며칠 전, 자민당의 하시모토 켄은 자신과 야마구치구

미의 6대 구미초인 시노다 케이치를 불러서 한 사람을 처리해 줄 것을 요구했다.

말은 부탁 조였어도 그것은 분명 아랫사람에게 내리는 명령이다.

와타나베 마사히로는 그것이 무척이나 불만족스러웠다.

하지만 절대 겉으로 표현할 수 없었다.

집권당의 차기 간사장으로 유력하며 정치계 귀족 집안인 하시모토 켄에게 반발하면, 아무리 아쿠자 두목이라고 해도 결말이 그리 좋지 않을 것임을 알았기 때문이다.

더욱이 자신은 현재 야마구치구미와 항쟁을 하는 중이었다.

차라리 이번 기회에 확실히 하시모토 켄의 눈에 들어 경쟁자인 시노다 케이치를 아예 밀어내 버리는 것이 나았다.

그런 상황에 수호가 자신의 나와바리에 발을 들인 것이다.

이곳이라면 야마구치구미도 함부로 병력을 투입하지 못한다.

"도조!"

"하이!"

"형제들을 준비시켜라!"

"하이!"

와타나베 마사히로는 이 상황을 하늘이 준 기회라 여겼다.

"타깃이 경호원들을 데려온 것으로 파악되니, 특히 날래고 실력이 뛰어난 무장들로 준비하도록."

"알겠습니다."

와타나베 마사히로는 자신의 심복인 도조 히데오를 시켜 부하들을 소집했다.

오야붕인 와타나베 마사히로의 명령이 떨어지기 무섭게 그동안 숨죽이던 고베 야마구치구미의 야쿠자들이 기지개를 켜며 자리에서 일어났다.

*   *   *

"저곳인가?"

와타나베 마사히로가 자신의 타깃인 수호가 머물고 있는 겟코엔 고로칸을 건너다보며 나직하게 중얼거렸다.

"하잇! 말씀하신 조센징이 머물고 있는 곳이 맞습니다."

그의 옆에 시립해 있던 도조 히데오가 얼굴을 숙이며

그의 말을 받았다.

와타나베 마사히로는 보스의 카리스마를 풍기며 고개를 끄덕여 주었다.

그런 그의 뒤로 고베 야마구치구미의 타격대 200명이 자리하고 있었다.

이곳까지 병력을 이끌고 오며 고베 지역 경찰과 마주치기도 했지만, 와타나베 마사히로는 전화 한 통으로 이를 해결했다.

그와 통화한 하시모토 켄은 그들의 편의를 봐주고자, 즉각 고베 경찰청에 철수 명령을 내린 상태였다.

그러자 와타나베 마사히로의 앞을 막아선 경찰들은 즉시 모두 자리를 비켜 주었다.

야쿠자간의 항쟁이 아니라는 상부의 지시에 무슨 일이 벌어질지 알면서도 자리를 슬그머니 비켜 준 것이다.

비록 자신의 힘은 아니었지만, 국가의 권력도 막지 못하는 모습을 본 와타나베 마사히로는 그 힘에 취해 거리를 내달렸다.

그렇게 그를 따라 여관에 도착한 고베 야마구치구미는 주변을 둘러싼 채 오야붕의 명령을 기다리고 있었다.

"현재 겟코엔 고로칸 안에는 조선에서 온 그자와 경

호원 열 명, 그리고 여관 주인과 직원 세 명이 전부라고 합니다."

"그래? 그럼 주인과 직원들만 조용히 내보내."

"하잇!"

와타나베 마사히로의 명령을 받은 도조 히데오는 자리를 벗어나 부하 한 명에게 다가가 가볍게 손짓을 했다.

부하는 빠른 걸음으로 여관에 들어가고, 얼마 뒤에 몇 명의 사람들과 함께 밖으로 나왔다.

그들의 얼굴이 하나같이 공포에 질려 있는 걸 보니, 필요 이상으로 겁을 준 것 같았다.

*　　　*　　　*

겟코엔 고로칸의 주인과 직원들은 느닷없이 찾아온 야쿠자로 인해 긴장하고 있었다.

그들의 말에 의하면 여관 안에 있는 손님이 타깃인 것 같았다.

사실 이런 상황일 때는 야쿠자 모르게 손님에게 경고하는 게 맞는 일이지만, 여관의 주인은 그러지 못하였다.

그도 그럴 것이, 자신을 찾아온 야쿠자는 고베의 지

배자라 할 수 있는 거대한 조직의 일원이었기 때문이다.

괜히 이 일에 나서다가는 자신과 가족들이 보복을 받을 수도 있고, 어쩌면 물고기 밥이 될지도 모른다는 생각이 들었다.

때문에 아무 말 하지 않고 조용히 여관을 빠져나와 친구의 집으로 피신하였다.

그저 손님들이 죽지 않기를, 여관이 무사하기를 바라며 말이다.

겟코엔 고로칸의 주인 부부와 직원들이 모두 빠져나가자 이를 지켜보던 와타나베 마사히로와 고베 야마구치구미 타격대가 움직이기 시작했다.

한편 슬레인은 이러한 모습을 모두 지켜보고 있는 중이었다.

하시모토 켄이 뒤를 봐준다는 사실에 거리낄 것이 없어진 와타나베 마사히로가 그냥 정면으로 쳐들어왔기 때문이다.

하시모토 켄은 와타나베 마사히로에게 사후 처리는 걱정하지 말라고 일렀다.

일단 수호를 죽이기만 한다면, 한국 정부의 항의는 물론이고 모든 외압을 처리해 준다고 약속을 받았기 때문이다.

물론 주동자를 잡아야 하기에 부하 몇 명을 희생양으로 삼아야 하겠지만, 자신이 명령하기만 하면 없던 죄도 만들어 올 충성스러운 자들은 충분히 많은 상태였다.

또한 이 일이 끝나고 난 뒤, 야마구치구미의 실질적인 수장이 되기만 한다면, 그들에게 충분한 보상을 해주고도 훨씬 더 많은 이익을 챙길 수 있을 게 자명한 사실이었다.

"오야붕, 준비 끝났습니다."

조직원 중 50명이 겟코엔 고로칸의 정문으로 들어가 내부를 점령하고, 나머지 150명이 혹시나 있을지 모르는 탈출을 막기 위해 여관 외부를 둘러싸며 포위하였다.

도조의 보고에 만족한 와타나베 마사히로는 입가에 미소를 지으며 대답하였다.

"가자!"

그들은 수호가 있는 야외 온천이 있는 곳으로 발걸음을 옮겼다.

＊　　　＊　　　＊

"지금쯤이면 주변을 포위하고 있겠지."

수호는 야쿠자들이 도착한 순간부터 슬레인에게 보고를 받고 있었다.

[접근하는 야쿠자 중에 고베 야마구치구미의 두목인 와타나베 마사히로가 있습니다.]

슬레인은 여관 주인 몰래 설치한 CCTV를 통해 주변을 감시했다.

그러던 중 수호에게 접근하는 야쿠자들 사이에 그들의 오야붕이 있다는 사실을 발견했다.

수호는 비웃음이 담긴 미소를 한껏 지으며 말을 하였다.

"와타나베가 이곳에 있다면, 미츠노 요시무라의 일이 쉬워지겠네."

수호는 고베 야마구치구미가 자신을 잡기 위해 움직이면, 바로 본진을 칠 수 있게 준비하고 있으라고 미츠노 요시무라에게 일러두었다.

물론 이는 쉽지 않은 일일 것이다.

오야붕을 포함한 전력의 일부가 빠져나갔다고 해도 수십 배가 넘는 야쿠자들이 본진을 지키고 있기 때문이다.

그래서 수호는 미츠노 요시무라와 부하들에게 도움이 될 만한 물건을 지원해 주었다.

그것은 사카우메구미의 조직원들을 일당백으로 만들어 주었다.

그렇기 때문에 아무리 많은 수의 고베 야마구치구미 조직원이 남아 있다고 해도 그리 걱정되진 않는 상황이었다.

게다가 그곳에 두목인 와타나베 마사히로가 남아 결사 항쟁이라도 한다면 일이 꼬일 수도 있어 걱정했는데, 그는 현재 이곳에 있다.

"미츠노 요시무라에게 연락해서 슬슬 시작하라고 해."

수호는 슬레인에게 지시한 뒤, 온천에서 나와 와타나베 마사히로와 그의 부하들을 맞이할 준비를 하고 있었다.

"유 부장, 손님들이 오시니 이제 맞이할 준비를 하죠."

수호의 명령이 떨어지기 무섭게 유재욱 부장은 자신의 주변에 대기하고 있던 SH시큐리티의 경호원들에게 수신호를 보냈다.

척! 척척!

경호원들은 일제히 품속에서 삼단 봉을 꺼내 길게 뽑아냈다.

그러곤 야쿠자들이 들어오길 기다렸다.

'일이 순조롭게 진행되는군.'

수호는 슬레인이 띄워 준 홀로그램을 보면서 와타나베 마시히로와 그의 부하들이 자신이 있는 야외 온천으로 접근하는 것을 지켜보았다.

*   *   *

해가 지자 어두워진 틈을 타서 미츠노 요시무라는 자신의 조직원 100여 명과 함께 고베 야마구치구미의 본거지를 습격하기 위해 움직였다.

"모두 방탄복 착용했지?"

미츠노 요시무라의 물음에 100여 명의 이르는 사카우메구미의 조직원들이 모두 고개를 힘껏 끄덕이며 수긍했다.

이들이 착용한 방탄복은 수호가 그들에게 지급한 물건이었다.

이는 SH시큐리티의 경호원들이 착용한 것의 다운그레이드된 제품에 불과했다.

하지만 기본적인 방탄 성능은 물론이고, 방검 기능 및 근력 보조 효과 또한 탑재되어 있는 강력한 물건이었다.

때문에 방탄복보다는 파워 슈트에 가깝다고 할 수 있

는 것이다.

익히 알려진 군용 파워 슈트는 금속 재질의 갑옷을 입는 로봇 형태이다.

하지만 이들이 입은 제품은 그저 옷 속에 받쳐 입기만 하면 되는 일체형 언더웨어 형태라 겉으로 티가 나지 않았다.

하지만 군용에 비해 제한적이다 보니 성능 면에서는 40% 정도 파워가 부족했다.

그래도 방탄이나 방검 효과는 비슷하기에 경호 임무에는 오히려 더 좋았다.

그런 파워 슈트를 지급받은 미츠노 요시무라는 깜짝 놀라고 말았다.

자신에게 이런 물건을 선뜻 지급해 줄 정도라면, 경호원들이 입고 있는 것은 얼마나 더 대단한 물건이란 말인가.

때문에 미츠노 요시무라는 이런 물건을 자신들에게 손쉽게 제공한 수호에게 경외감과 공포를 동시에 느끼기도 하였다.

"외부로 총소리가 나가면 안 되니, 최대한 신속하게 제압하도록."

"예, 알겠습니다."

미츠노 요시무라는 작전을 다시 한번 일렀다.

"정문 경비는 필요 없다. 바로 치고 안채로 들어간다."

"알겠습니다."

"벤케이!"

"하이!"

"네가 선봉을 맞아라!"

"영광입니다."

사카우메구미의 이인자인 마츠다 벤케이가 미츠노 요시무라의 명령에 절도 있게 대답하며 발걸음을 앞으로 옮겼다.

한편, 행동 대장인 시나무라 켄은 살짝 실망한 상태였다.

평소라면 자신에게 선봉을 맡겼을 것이라 생각했기 때문이다.

혹여나 저번 장재호와의 전투에서 너무도 쉽게 당하는 모습을 보여서 신뢰가 깨진 건 아닌지 두렵기까지 했다.

그런 시나무라 켄의 마음을 알았는지 미츠노 요시무라는 그에게 후위를 맡겼다.

선봉만큼이나 적의 후위를 급습하는 것은 무척이나 중요한 일이기 때문에 사카우메구미의 3인자라 할 수 있는 시나무라에게 고베 야마구치구미의 후위를 맡긴 것이다.

"각자 맡은 곳에서 일시에 급습한다. 알겠나?"

"네, 알겠습니다. 맡겨 주십시오."

간부들은 눈을 반짝이며 대답하였다.

그들의 눈에는 순수한 욕망이 들끓었다.

다만, 전쟁과 전투에 대한 것보다도 새로운 무기를 빨리 시험해 보고 싶다는 욕구가 더 강해 보였다.

이는 미츠노 요시무라도 마찬가지였기에 언제 뛰어나갈지 모르는 마음을 살짝 가라앉혔다.

"그럼 10분 뒤 시나무라가 자리 잡고 신호를 보내면 바로 시작한다."

"예, 알겠습니다."

사카우메구미의 조직원들은 일제히 대답하고 각자 맡은 곳으로 향했다.

그리고 정확하게 10분 뒤, 후위를 맡은 시나무라 켄에게서부터 연락이 왔다.

미츠노 요시무라는 조직원들에게 바로 신호를 보냈다.

"공격!"

"공격!"

사카우메구미의 조직원들은 마치 중세시대 무사들이 적진을 습격하듯 정문을 뚫고, 담장을 넘으며 사방에서 적진으로 뛰어들었다.

이들의 습격을 받은 고베 야마구치구미는 크게 당황하며 우왕좌왕할 뿐이었다.

"적습! 적이 쳐들어왔다."

그나마 자신이 해야 할 일을 숙지하고 있던 한 사람이 갑자기 자신들을 향해 카타나를 들고 달려오는 정체 불명의 집단에 대해 안채에 경고할 수 있었다.

그러자 이내 정신을 차린 이들이 보관함에 숨겨 둔 무기를 꺼냈다.

예전 같았으면 이곳에서 M—16이나 자위대의 89식 소총이 나왔을 것이다.

하지만 경시청에 의해 감시를 받는 지금, 총과 같은 화기를 사용할 순 없었다.

때문에 그들이 선택한 무기는 진검이었다.

즉, 고베 야마구치구미와 사카우메구미 사이에 무기의 차이는 없다는 것이다.

"막아라!"

고베 야마구치구미의 정문 경비대 조장 미나모토 사카이는 크게 소리쳤다.

그러면서도 좁은 출입문을 굳게 지키고 있었다.

"절대 뚫리면 안 된다."

안채에서 지원군이 올 때까지 정문을 사수하는 임무

를 맡은 미나모토 사카이는 굳은 표정으로 소리를 질렀다.

이는 부하들에게 하는 말이기도 하지만 본인 자신에게 하는 것이기도 했다.

*　　*　　*

"어서 와!"

수호는 편하게 의자에 앉아 자신의 정면으로 걸어오는 와타나베 마사히로를 맞았다.

"흠."

그는 자신을 마치 오랜만에 만나는 친구처럼 대하는 사내를 보며 작게 신음을 흘렸다.

그러고는 조심스럽게 정면에 있는 수호와 그 주변을 감싸고 있는 SH시큐리티의 경호원들을 둘러보았다.

와타나베 마사히로의 눈에는 몇 배나 많은 적들을 보면서도 전혀 불안해하지 않고 당당히 서 있는 SH시큐리티의 경호원이 보였다.

한 가지 특이한 점은 그들 모두 특이하게 생긴 바이저를 썼다는 것일까.

처음 이곳을 찾을 때만 해도 와타나베는 하늘이 자신을 돕는다 생각을 했다.

하지만 직접 타깃과 마주하자 그런 자신감이 모두 사라지고 그 자리에는 알 수 없는 불안감만이 생겨났다.

"우리가 두렵지 않은 거냐?"

자신이 느끼는 불안감을 감추기 위해 와타나베 마사히로는 수호를 보며 허장성세를 부렸다.

수호는 그에게 살짝 미소를 지어 보이며 대답하였다.

"내가 왜 너희를 두려워해야 하지?"

너무도 태연자약한 태도에 와타나베 마사히로는 순간적으로 할 말을 잃었다.

"내 뒤에 부하들이 들고 있는 것이 무엇인지 모르지는 않을 텐데?"

와타나베는 불안감을 떨치며 다시 한번 물었다.

그에게는 수십 정의 총과 부하들이 있었다.

그렇지만 수호를 비롯한 SH시큐리티의 경호원들의 입가에는 살며시 미소가 걸릴 뿐이었다.

그것은 명백한 비웃음이었다.

와타나베 마사히로는 순간적으로 머릿속에 불똥이 튀었다.

이는 지금까지 느끼던 불안과 긴장을 모두 태워 분노로 바꾸기에 충분한 것이었다.

와타나베 마사히로는 수호와 경호원들을 향해 크게

소리쳤다.

"죽여 버려!"

타타타타!

한 시간 동안 주변에 어떤 소란이 일어나도 출동하지 않겠다는 연락을 받았기에, 와타나베 마사히로는 숨겨 둔 모든 총기를 가지고 왔다.

때문에 수호를 포위한 병력은 모두 화기로 무장하고 있었다.

그들 모두가 수호를 향해 난사하기 시작하자, 총소리로 인해 일대는 마치 전쟁터를 방불케 할 정도로 소란스러워졌다.

타다다다다!

탕탕탕!

"저, 저게 뭐야?"

"칙쇼……."

처음에는 신나하던 야쿠자들의 얼굴이 점점 경악으로 일그러졌다.

그도 그럴 것이, 발사되는 총알들 사이로 도저히 믿을 수 없는 광경이 연출이 되고 있었기 때문이다.

"아니, 어떻게……."

수호와 그의 경호원들은 전혀 타격을 입은 모습이 아니었다.

아니, 그들이 입고 있는 옷에는 분명 총에 맞아 구멍이 생기는 등의 흔적이 생겼다.

하지만 그들의 모습은 너무도 평화로웠다.

"중지!"

보다 못한 와타나베 마시히로는 급히 사격을 멈췄다.

"뭐냐, 너희들의 정체가 대체 뭐냔 말이다."

총에 맞고도 전혀 고통스러워하지 않는 수호와 그 일행들의 모습에 와타나베 마사히로는 물론이고, 총을 쏘던 야쿠자들 모두 하나같이 경악을 금치 못하고 있었다.

"우리의 정체? 잘 알고 있을 텐데."

수호는 조금 전 사격으로 인해 자신의 겉옷에 쌓인 먼지를 툭툭 털어내며 대답하였다.

그러면서도 손가락을 까딱여 도열해 있는 경호원들에게 신호를 보냈다.

이는 이미 약속된 것으로 야쿠자들이 재장전하기 전에 이들을 제압하라는 뜻이었다.

장승처럼 서 있던 SH시큐리티의 경호원들은 수호의 신호를 받자마자 일제히 앞으로 뛰어나가기 시작했다.

휙! 휙휙!

그리고는 야쿠자들의 앞으로 빠르게 접근하여 급소를 공격하였다.

고베 야마구치구미의 조직원들은 그들의 재빠른 움직임에 미처 반응을 보이지 못하고 당할 뿐이었다.

'아니⋯⋯.'

자신의 뒤에 있는 부하들을 순식간에 제압하는 그들을 보며, 와타나베 마사히로는 경악을 금치 못했다.

가만히 서서 총알을 막아 내는 것과는 별개로 이들의 움직임은 눈으로 쫓기 힘들 정도로 민첩하고 빨랐다.

또한 정확하게 급소만을 가격하며 빠르게 부하들을 제압해 나가고 있었다.

"뭐야, 대체 어떻게 이럴 수가⋯ 너희들 인간이 맞기는 한 거냐?"

와타나베 마사히로는 절규했다.

도저히 믿을 수 없는 장면이 눈앞에서 펼쳐지고 있었다.

그의 몸과 정신은 서서히 무너져갔다.

"자민당의 하시모토 켄이 날 죽이라 하지 않았나?"

"아니, 어떻게 그걸?"

와타나베 마사히로는 소름이 끼쳤다.

하시모토 켄이 수호의 암살을 의뢰한 자리는 극비리에 진행된 것이다.

때문에 마사히로는 타깃이 자신에 대한 암살 의뢰에 대해 알고 있는 것에 의아해했다.

심지어 자신에게서 비밀이 새어 나간 것이 아니니, 항쟁 중인 시노다 케이치가 배신한 것이라고 확신했다.

"시노다 케이치에게서 들었나?"

하지만 수호에게서 들려온 대답은 그를 실망시켰다.

"아니, 난 한국에서 출발하기 전부터 자민당의 하시모토 켄이 날 죽이고 싶어 한다는 것을 알고 있었다."

"아니, 무슨……."

와타나베 마사히로는 수호의 대답이 이해가 가지 않았다.

누군가 자신을 죽이려는 것은 알면서도 적직 한가운데나 다름없는 이곳에 와야 할 이유가 대체 뭐란 말인가?

"음, 지금쯤이면 네 본거지도 털리고 있겠군."

수호는 잠시 말을 멈추고 시간을 확인했다.

와타나베 마사히로가 이곳에 들어오기 전, 수호는 사카우메구미의 미츠노 요시무라에게 연락하였다.

고베 야마구치구미의 두목인 와타나베 마사히로가 자신을 습격하기 위해 조직원 200여 명을 데리고 왔다고 말이다.

그러면서도 고베 야마구치구미를 접수하라고 당부했다.

100여 명에 불과한 조직원을 가지고 있는 사카우메구

미이지만, 자신이 보급해 준 파워 슈트라면 겨우 총칼로 무장을 한 폭력 조직 정도는 충분히 제압이 가능할 것이라 믿었다.

비록 다운그레이드 형이라 하지만, 수호가 지급한 파워 슈트는 대물 저격총의 공격도 충분히 방어가 가능했기 때문이다.

"더 저항을 하겠나?"

수호는 현장 분위기와는 이질감이 느껴지는 평온한 목소리로 물었다.

그런 수호의 질문에 와타나베 마사히로는 순간 주변을 살폈다.

조금 전까지만 해도 그의 귀에 울리던 소음이 들리지 않았기 때문이다.

고베 야마구치구미 조직원들은 수호의 경호원들에게 제압이 되어 바닥에 쓰러져 있었다.

그러고는 손이 뒤로 묶인 상태로 엎어져 있었다.

'벌써…….'

여관 밖에는 지금 바닥에 제압된 부하들보다 세 배나 많은 인원이 남아 있었다.

하지만 와타나베 마사히로는 그들이, 아니, 본산에 있는 모든 조직원들이 몰려와도 이들을 제압할 수 있을 것이라는 믿음이 생기지 않았다.

와타나베 마사히로는 자신이 비록 다혈질에 욱하는 성격이기는 하지만, 절대 멍청하다고 생각하지는 않았다.

'우리가 감당할 수 있는 존재가 아니야!'

괜히 반항을 해봐야 부하들만 상할 뿐이었다.

"항복하겠다."

5. 야쿠자 항쟁

고베 야마구치구미의 오야붕인 와타나베 마시히로의 항복 선언에 현장은 한순간에 고요해지며 정막에 휩싸였다.

SH시큐리티의 경호원들에게 제압된 야쿠자들이나 이들을 묶던 경호원들도 하려던 모든 동작을 멈추고, 와타나베와 수호 두 사람을 번갈아 가며 멍하니 쳐다보았다.

"겨우 이 정도에 항복하겠다는 건가? 아직 밖에 이보다 많은 수의 부하들이 남아 있잖나?"

수호는 마치 항복을 하는 와타나베 마사히로의 속마

음을 떠보듯 물었다.

그런 수호의 말에 잠깐 흔들리긴 했지만, 와타나베 마사히로도 멍청한 것은 아니다.

한 조직의, 그것도 조직원의 숫자가 6,000명이나 되는 거대 조직의 수장이 멍청하다면, 그 자리에 오래 머물러 있을 수 없었을 것이다.

조직의 수장이 멍청하다면 그 조직은 진즉에 다른 조직에 의해 무너지거나, 그 밑에 있던 수하에게 칼침을 맞고 자리에서 물러났을 것이다.

다혈질인 와타나베는 무식하긴 하지만 멍청하진 않았다.

야쿠자 오야붕으로서 꼬붕들을 적재적소에 배치하여 활용할 줄 알았고, 야마구치구미와 항쟁할 때도 언제나 선봉에 서서 조직을 이끌었다.

그렇기에 일본의 야쿠자 조직 중 최대 조직인 야마구치구미에서 분파를 하면서도 많은 수의 야쿠자들이 그를 따라 나왔다.

"아니, 더 이상 수하들이 상하는 것을 보지 못하겠소."

자신과 조직의 역량이 전혀 상대되지 않음을 깨달은 와타나베 마사히로는 수호에게 완벽하게 졌음을 인정했다.

"좋아. 그럼 밖에 있는 당신 부하들을 불러, 주변 정리를 하고 대기해."

수호는 상대가 자신에게 굴복한 것을 확인하고, 자연스레 지시를 내렸다.

'요시무라에게 연락해서 끝내라고 해.'

그러고는 슬레인을 통하여 이쪽 상황이 마무리가 된 것 같으니, 그곳의 상황도 정리하라고 전해 달라 하였다.

[알겠습니다.]

슬레인은 바로 고베 야마구치구미 본산을 기습하고 있는 미츠노 요시무라에게 연락하여 지시 사항을 전달했다.

이렇게 수호가 슬레인에게 지시를 내리는 동안, 와타나베 마사히로는 SH시큐리티의 경호원들에게 제압된 야쿠자들 중 자신의 수행원인 도조 히데오를 풀어 주며 상황이 종료되었음을 알렸다.

이미 자신의 오야붕인 와타나베 마사히로가 항복한 것을 들은 상태이기에, 정확한 상황을 인지한 도조 히데오는 고개를 숙인 채 여관 밖으로 나가 조직원들을 수습했다.

*   *   *

"어서 오십시오."

미츠노 요시무라는 양복 여기저기에 칼자국이 남아 있음에도 의연하게 서서 수호와 그의 경호원들을 맞았다.

그러곤 이들의 뒤에 조용히 따라오고 있는 와타나베 마사히로와 고베 야마구치구미 타격대의 초라한 행색을 조용히 지켜보았다.

겉으로 보기에는 수호의 경호원들 모습이 더 추레해 보이긴 하지만, 그들이 풍기는 기세는 오히려 정반대였다.

와타나베 마사히로와 그의 부하들은 마치 풀이 죽은 개와 같은 모습이었다.

'단 한 명으로 우리의 기세를 꺾어 버리더니, 저 적은 수로 와타나베의 타격대까지 기를 완전히 죽여 버렸군.'

미츠노 요시무라의 눈에 비친 와타나베 마사히로와 그의 수하들은 야쿠자로서의 기개는 사라지고, 전쟁에 진 패잔병의 같은 분위기로 돌아왔다.

미츠노 요시무라는 그 모습을 보며 남 일 같지 않다고 생각했다.

얼마 전까지만 해도 항쟁을 치르던 사이이긴 하지만,

상황이 마무리되자 다른 모습들이 눈에 밟혔기 때문이다.

"들어가지."

수호는 자신을 맞이하는 미츠노 요시무라를 보며 마치 자신의 집으로 들어가는 것 같이 편안하게 말을 꺼냈다.

그런 수호의 말에 미츠노 요시무라는 조용히 고개를 숙여 보이며 그 뒤를 따를 뿐이었다.

수호에 이어 요시무라까지 안으로 들어갔다.

잠시 그 모습을 지켜보던 원래 집주인, 와타나베 마사히로는 회한 가득한 표정으로 그 뒤를 따라 들어갔다.

고베 야마구치구미 본산 안채로 들어온 수호와 일행들은 가장 깊숙한 곳에 위치한 연회장에 자리를 잡았다.

이 중 수호는 가장 상석에 자리하고, 그 뒤로 SH시큐리티의 경호원들이 포진했다.

그러고는 수호의 좌측으로 사카우메구미의 오야붕인 미츠노 요시무라가 자리했다.

그 맞은편에는 고베 야마구치구미의 오야붕인 와타나베 마사히로와 그의 형제들이 서열대로 자리를 지키고 있었다.

"오늘 고베 야마구치구미는 나에게 패했다. 인정하나?"

수호는 조용히 이야기하며 와타나베 마사히로를 보았다.

"하이! 저 와타나베 마사히로는 수호 님께 패한 것을 인정합니다."

와타나베 마사히로는 고개를 깊숙이 숙이며 대답하였다.

"좋아. 네가 사나이답게 패배를 인정한 것이니, 순리대로 너희는 이제부터 미츠노 요시무라의 밑이다. 인정하나?"

"하, 하이! 인정합니다."

"비록 너희가 잘못된 선택으로 나와 대적하는 바람에 이런 지경이 되었지만, 그것을 슬퍼하거나 자괴감에 빠질 필요는 없다."

6,000명에 이르는 고베 야마구치구미가 100명 남짓밖에 되지 않는 사카우메구미의 밑으로 들어가는 일은 어떻게 보면 죽는 것보다 훨씬 더 비참한 것일 수도 있었다.

"내가 비록 한국인이라고는 하지만, 너희를 압도하고, 너희를 이겼다. 이에 대해 이의가 있는 사람이 있나?"

"없습니다."

"저희의 마음은 이미 수호 님께 전면 승복한 상태입니다."

미츠노 요시무라와 와타나베 마사히로는 누가 먼저랄 것 없이 수호의 말이 떨어지기 무섭게 고개를 푹 숙였다.

그런 두 사람의 모습에 수호는 잠시 말을 멈추고 장내를 둘러보았다.

그러고는 다시 이야기를 이어 나갔다.

"난 한 가지 뜻이 있어 몇 명의 경호원과 함께 일본으로 넘어왔다. 분명한 것은 이 땅이 내게 있어 적지라는 점이겠지."

수호는 잠시 말을 멈추고 주변을 둘러봤다.

야쿠자들은 뭔가 찔리는 것이 있는지 그의 눈을 똑바로 쳐다보지 못했다.

수호는 작게 입꼬리를 올리며 자신의 포부를 가감 없이 선포했다.

"난 일본을 정복할 것이다. 그리고 그 시작은 너희가 될 것이다. 요시무라!"

"하이!"

"내가 준 파워 슈트의 성능은 어떠한가?"

수호는 나직한 목소리로 미츠노 요시무라에게 질문을

던졌다.

하지만 그에 대한 반응은 미츠노 요시무라보다 이곳 고베 야마구치구미에 남아 있던 야쿠자들에게서 먼저 나왔다.

"과연……."

그도 그럴 것이, 직접적으로 파워 슈트를 입은 이들과 싸워 본 장본인들이기에, 그 장비의 무서움을 잘 알았다.

"꿈에 그리던 것이었습니다. 날카로운 카타나에도 베이지 않고 보다 빠르게, 그리고 보다 강력한 힘을 주었습니다."

미츠노 요시무라는 파워 슈트의 성능에 매료되어 마치 신의 보갑이라도 하사받은 것처럼 자세히 묘사하였다.

'파워 슈트?'

한편 조용히 그가 하는 이야기를 듣고 있던 와타나베 마사히로는 이상한 느낌을 받았다.

그러고는 자연스레 겟코엔 고로칸에서의 전투가 떠올랐다.

자신들이 쏜 총알에 전혀 피해를 입지 않던 수호와 그의 경호원들의 모습이 머릿속에서 생생히 아른거렸다.

'그런 모습을 보일 수 있던 게 파워 슈트라는 것 때문인 건가?'

인간이라면 도저히 있을 수 없는 능력을 보여 준 수호와 그의 경호원들 때문에 그의 마음은 너무도 쉽게 꺾였다.

'파워 슈트라… 그게 대체 뭐지?'

사실 파워 슈트란 개념은 사실 일본에서 먼저 생겨났다.

주인공의 능력을 강화시켜 주는 옷을 파워 슈트라 부른 것이 그 시초였다.

상상에 불과하던 기술은 시간이 지나며 실체화되기 시작하고, 애니메이션에 등장하는 많은 것들이 개발되기 시작했다.

물론 그것들 대부분은 군용으로 개발되었다.

"고베 야마구치구미에도 사카우메구미에 준 것처럼 100벌의 파워 슈트가 내려질 것이다."

'헉!'

'아니!'

수호의 선언을 들은 야쿠자들은 마음속으로 경악했다.

입을 열진 않아도 여기저기서 소리 없는 아우성이 터졌다.

특히나 전투에서 진 고베 야마구치구미의 조직원들의 놀라움은 더욱 컸다.

"조금 전에 이야기한 것처럼 난 너희들을 시작으로 일본의 밤을 지배할 것이다. 야마구치구미를 넘어 이나카와카이, 스미요시카이를 비롯한 모든 야쿠자 위에 군림할 것이다."

'허억!'

'그 말이 정말이었단 말인가?'

수호의 포부가 밝혀지면서 이를 들은 야쿠자들은 당혹감을 감출 수 없었다.

단순히 자신들을 지배하는 것을 넘어, 야마구치구미를 비롯한 3대 조직과 지방의 군소 조직까지 모두 지배할 것이란 말에 경악을 금치 못했다.

하지만 어떻게 보면 그저 허황되기만 한 이야기는 아니었다.

겨우 100명에 불과한 사카우에구미의 조직원들에 의해 6,000명의 고베 야마구치구미의 조직원들이 모두 제압되었지 않은가.

또 가장 강력한 무력 집단인 타격대 200명이 출동하여도 열한 명을 이기지 못하고 오히려 패배한 채 돌아왔다.

더욱이 타격대 200여 명은 전원이 총기로 무장한 상

황이었다.

이를 돌아보면 조금 전 수호가 한 말이 결코 허황되지 않게 들렸다.

더군다나 자신들을 제압하는 데 큰 역할을 한 파워 슈트란 것을 똑같이 지급한다고 했다.

물론 6,000명이나 되는 조직원들 전원에게 지급이 되는 것이 아닌, 100벌에 불과했다.

하지만 그것만으로도 일기당천 만부부당의 용력을 가지게 만들어 주기 때문에 기물이 있다면 충분히 가능하다 느꼈다.

아직 파워 슈트를 가지지 못한 고베 야마구치구미의 조직원들은 두 눈을 반짝였다.

방금 전까지만 해도 자신들을 무기력하게 만든 물건을 가질 수도 있다는 희망이 생기자 남자로서 원초적인 욕망이 솟아났다.

＊　　　　＊　　　　＊

고베 야마구치구미 본산에서 수호와 사카우메구미, 그리고 고베 야마구치구미가 미래를 향한 회합을 가질 때, 일본 최대 조직 중 하나인 야마구치구미에서는 심각한 논의가 계속되고 있었다.

안건은 바로 자민당의 차기 간사장인 하시모토 켄 의원이 의뢰한 한국의 기업인, 수호에 대한 암살 문제였다.

"오야붕, 이 기회에 하시모토 의원에게 줄을 대고 분파 놈들을 하나도 남김없이 쓸어버리는 것이 어떻겠습니까?"

"그러기 위해선 조금 전에도 이야기했듯, 하시모토 의원이 의뢰한 암살을 와타나베보다 먼저 끝내야 한다."

"그게 뭐가 어렵습니까? 게다가 멍청하게도 일본에 넘어왔다고 하더군요. 이번 기회에 그 조센징을 빠르게 처리하시는 게 어떻겠습니까?"

고도카이의 카이초 이토 노부시에가 자신의 생각을 피력했다.

이토 노부시에는 시노다 케이치의 의형제로 야마구치 내에서 구미초인 시노다 케이치의 절대적인 지지자였다.

그런 이토 노부시에는 이번 기회에 6대 구미초인 시노다에게 반기를 든 고베 야마구치구미의 와타나베 마사히로와 사카우메구미의 미츠노 요시무라를 제거할 기회라 생각하여 이를 계속해서 주장하는 상황이었다.

"오야붕!"

그때, 시노다 케이치의 심복, 다나카 카츠오가 회의장에 난입했다.

야마구치구미에 충성을 맹세한 조직의 두목들은 그의 경우 없는 행동에 눈살을 찌푸렸다.

하지만 다나카 카츠오는 아랑곳하지 않고 시노다 케이치에게 소식을 전했다.

"오야붕! 고베의 와타나베 마사히로가 조직의 타격대 200명을 데리고 겟코엔 고로칸으로 쳐들어갔다고 합니다!"

"뭐라고?"

"이런, 한발 늦은 건가!"

장내가 술렁이기 시작했다.

시노다 케이치는 그런 그들을 보며 손을 들어 올렸고, 방안은 순식간에 조용해졌다.

"그게 끝인가?"

시노다 케이치는 다나카 카츠오를 바라봤다.

"아닙니다. 와타나베 마사히로와 타격대가 빠진 틈을 타, 사카우메구미가 그들의 본산을 기습적으로 공격했습니다."

"뭐라? 그게 사실인가?"

시노다 케이치는 방금 전해 들은 이야기를 도저히 믿을 수가 없었다.

아무리 사카우메구미가 일당백의 전사들이라 해도 말이 그렇다는 것이었다.

실제로 다른 조직원들 100명을 혼자서 감당할 수 있다는 말은 아니었다.

"저도 믿을 수 없어 정보원에게 몇 번을 물어보았지만, 사실이라고 합니다."

"단체로 자살이라도 하고 싶은 건가."

그런 다나카의 보고에 시노다 케이치는 미간을 찌푸렸다.

하시모토 의원이 의뢰한 타깃이 겟코엔 고로칸에 입실한 것은 그 또한 알고 있는 사실이었다.

다만, 하시모토 의원의 말을 100% 신뢰할 수가 없어 이를 조율하기 위해 의형제들을 불러 회의를 하던 중이었다.

이런 상황에 와타나베 마사히로가 먼저 행동했다는 이야기를 듣자, 자신이 '너무 간을 본 것이 아닌가' 하는 후회가 생겼다.

그렇게 시노다 케이치가 고민에 빠져들자, 다시금 장내가 시끄러워지기 시작했다.

＊　　　＊　　　＊

고베 야마구치구미로 인해 엉망이 된 겟코엔 고로칸은 금세 영업을 하기 시작했다.

야쿠자들에 의해 난장판이 될 뻔한 겟코엔 고로칸이 이렇게 일찍 영업을 할 수 있던 이유는 수호가 야외 온천에서 그들을 맞이했기 때문이다.

와타나베 마사히로를 따라온 고베 야마구치구미의 타격대들이 총질을 하긴 했어도 겟코엔 고로칸에는 별다른 피해가 없었다.

그저 야외 온천 일부가 파손된 정도다.

그렇게 망가진 부분만 시설 보수를 위해 통제하자, 다른 부분은 정상적으로 운영할 수 있었다.

수호도 고베 야마구치구미에서의 일이 끝나자, 바로 원래 머물던 겟코엔 고로칸으로 돌아왔다.

그가 이곳으로 돌아온 이유는 정말로 별거 없었다.

그저 인천국제공항에서 우연히 만난 플라워즈 멤버들이 오키나와에서 화보 촬영을 마치고 일본의 온천 투어를 하기 위해 이곳으로 오는 중이기 때문이다.

한빛 엔터에 알아보니 플라워즈의 스케줄에 이곳 겟코엔 고로칸이 들어 있었다.

수호는 공항에서 헤어지기 전 약속을 했으니 이곳에서 플라워즈 멤버들을 기다리기로 결정했다.

수호가 경호원들과 다시 여관으로 돌아오자 겟코엔

고로칸의 주인 부부는 깜짝 놀랐다.

그도 그럴 것이, 고베에서 가장 강력한 야쿠자 조직 중 하나인 고베 야마구치구미의 타격대가 몰려온 것을 보고, 또 여관으로 돌아와 보니 야외 온천 일부가 탄환이 박혀 파손되어 있었기 때문이다.

주인 부부는 그나마 핏자국이 없다는 것을 다행으로 여기며 손님을 위해 염불이라도 외워야 하나 고민하던 중이었다.

그런데 수호가 멀쩡히 걸어 들어오는 걸 본 것이다.

그들은 혹시나 헛것을 본 건가 싶어 눈두덩이를 손으로 비볐다.

하지만 수호와 경호원들은 그 자리에 그대로 서 있었다.

"죄송합니다."

그래도 남자라고 남자 사장이 먼저 정신을 차리고 사과했다.

자신과 가족들의 안전만 생각해 손님에게 이를 알리지 않고 여관을 빠져나간 것에 대한 사죄였다.

"아, 괜찮습니다. 어차피 절 노리고 온 것이니."

사실 조금 어이없긴 하지만, 일반인인 그들이 무슨 잘못이 있겠는가.

이들은 평범한 사람이기에 야쿠자들의 위협에 대항할

울트라 코리아

수도 없고, 어차피 자신도 이곳에서 야쿠자들을 끌어들이기 위해 함정을 파고 있던 것이니 피장파장인 상황이었다.

"우리는 이곳이 마음에 들어 좀 더 머물 것입니다."

"네? 네! 알겠습니다."

수호는 일방적으로 통보하듯 이야기한 뒤 안으로 들어갔다.

여관 주인은 멍하니 있다가 대답하며 고개를 숙였다.

"괜찮으시겠습니까?"

유재욱 부장이 조심스럽게 다가와 물었다.

"무슨 걱정을 하는지는 알겠는데, 이 뒤는 미츠노 요시무라와 와타나베 마사히로가 처리할 거다."

대답을 하면서 수호의 입가에 미소가 걸렸다.

그 두 세력은 자신이 지급한 파워 슈트의 성능을 잘 알고 있다.

뿐만 아니라 자신들에게 지급된 파워 슈트가 수호의 뒤에 있던 경호원들이 사용하는 슈트의 하위호환이란 것도 알게 되었다.

더욱이 자신들이 총회장이 된 수호의 능력이 경호원들을 한참이나 능가하는 것을 눈으로 확인했다.

실제로 수호는 회합의 마무리에 자신의 능력 중 일부를 모여 있는 야쿠자들에게 보여 주었다.

그가 야쿠자들의 앞에서 선보인 것은 다름 아닌 격파였다.

언뜻 들으면 별거 아닌 것처럼 들리지만, 수호가 한 격파 시범은 이를 지켜본 야쿠자와 SH시큐리티의 경호원 모두를 놀라게 만들었다.

수호는 회합이 끝나자 고베 야마구치구미의 후원 정원에 내려갔다.

그러고는 경고의 의미로 단단한 화강암으로 되어 있는 석등을 주먹으로 파괴해 버렸다.

뿐만 아니라 보통 사람은 움직이지도 못할 돌덩이를 한 손으로 들고 다시 한번 그것을 가격해 작은 조작으로 만들었다.

마치 커다란 대포알에 맞아 부서지는 콘크리트 조각나는 바위를 본 모든 사람들은 등골이 서늘했다.

"그래도⋯ 파워 슈트를 그렇게나 많이 풀어도 괜찮겠습니까?"

유재욱 부장은 야쿠자들 같이 근본 없는 자들에게 너무 강력한 무기가 넘어간 것 같아 걱정이 앞섰다.

게다가 바로 몇 시간 전까지만 해도 총질까지 하던 사이다.

그런 자들에게 비록 하위호환이라 해도 100벌이나 지급한 것은 무리수라 판단하였다.

물론 자신의 보스인 수호가 선보인 무력 시범은 파워 슈트를 착용한 자신이나 다른 경호원들도 보일 수 없는 엄청난 것이었다.

그렇지만 한 손이 열 손 막을 수 없다고, 숫자에는 답이 없다.

자신들의 것이 야쿠자들이 가진 것보다 성능이 우수하다 해도 겨우 열 명에 불과했다.

그에 반해 야쿠자들은 비록 서로 항쟁을 하던 사이라 하지만, 각 조직이 100개씩 파워 슈트를 보유하게 되었다.

객관적으로 최대 60명까지는 감당할 수 있을 것 같지만 그 이상은 솔직히 무리였다.

이는 파워 슈트의 문제라기보다 이를 착용하고 있는 것은 인간의 문제였다.

더욱이 파워 슈트라고 무한정 성능을 내는 것은 아니다.

파워 슈트가 제 기능을 내려면 이를 움직일 에너지가 필요했다.

연속해서 사용하게 되면 1시간 정도가 전부였다.

그리고 그건 경호원들이 입은 것이나, 야쿠자들에게 지급한 것 모두 동일했다.

"무슨 걱정을 하는지는 알겠는데. 음, 이렇게 한 번

생각해 봐."

수호는 빙그레 미소를 지으며 자신이 하려는 일을 설명했다.

"이번 차기 특수부대 지원 사업에 출품할 파워 슈트에 대한 성능 테스트라 생각하면 편할 거야!"

사실 수호가 야쿠자들에게 지급한 하위호환 파워 슈트는 대한민국 특수부대에 보급할 지원 사업에 출품할 물건이었다.

다른 사업자라면 최신형의 것을 방위사업청에 출품하겠지만, 수호는 달랐다.

혹시 모를 일에 대비해 가장 좋은 것은 자신의 주변과 가족, 그리고 사업체를 보호하기 위해 가져다 두고, 외부에 돌릴 물건은 그보다 성능이 떨어지는 것으로 판매했다.

그리고 만약 이전의 전투기나 장거리 포탄처럼 경우에 따라 자신에게도 위협이 되는 물건들이라면 더욱 성능을 열화시켜 판매할 예정이다.

즉, 최우선은 수호의 주변이고, 2순위는 조국인 대한민국, 그리고 다음 3순위는 미국이나 UAE처럼 수호와 그리고 대한민국과 친한 국가들이다.

더욱이 야쿠자들에게 지급한 다운그레이드 파워 슈트라도 초강대국 미국이 개발한 파워 슈트에 비해 성능은 물론이고, 기능적인 측면에서도 훨씬 뛰어났다.

그러니 비록 미국에 수출이 되는 2차 다운그레이드된 파워 슈트라도 충분히 경쟁력이 있었다.

"그리고 야마구치구미는 와타나베 마사히로처럼 우릴 습격하지 못할 거야!"

"네?"

"그들은 조만간 사카우메구미와 고베 야마구치구미에게 기습을 당할 예정이니, 우릴 신경 쓸 겨를이 없을 것이라고."

"아!"

유재욱은 수호의 설명을 듣고는 고개를 끄덕일 수밖에 없었다.

자신이 걱정할 정도로 두 야쿠자 조직에는 파워 슈트가 많이 지급되었다.

비록 조직원의 숫자에 비해 턱없이 부족한 수량이었지만, 다르게 생각하면 너무도 과한 무장이 아닐 수 없다.

그도 그럴 것이, 옷 속에 받쳐 입는 형태라 해도 기본적으로 방탄, 방검의 기능이 있었다.

더욱이 방탄 성능은 Lv 3으로 군용 방탄복에 준하는 기능을 가지고 있었다.

게다가 수호는 야쿠자들에게 그냥 파워 슈트만 지급

한 것이 아니다.

그들에게 SH화학에서 생산하는 방탄 스프레이까지 보급해 주었다.

파워 슈트를 안에 입고 방탄 스프레이를 겉옷에 뿌린다면, SH시큐리티의 경호원만큼은 아닐지라도 충분히 총기를 두려워하지 않아도 되었다.

그러니 하위호환인 파워 슈트라도 200명이 착용하고 기습한다면, 그 숫자가 얼마가 되었든 소화기로 무장한 병력은 두려워할 필요가 없었다.

이를 깨달은 유재욱은 그제야 어느 정도 안심이 되었다.

*   *   *

수호와 그를 경호하는 SH시큐리티의 직원들이 겟코엔 고로칸에서 여유로운 시간을 보내고 있을 때, 고베의 한 곳에서는 야쿠자들 간의 전쟁이 벌어지고 있었다.

수호에게서 파워 슈트를 지급받은 고베 야마구치구미와 사카우메구미의 조직원들이 일제히 야마구치구미의 본영을 습격한 것이다.

파워 슈트를 착용한 와타나베 마사히로와 미츠노 요

시무라는 오랜만의 화끈한 전투에 다시 회춘을 한듯 날뛰었다.

"죽여!"

"막아!"

"우리가 정통 야마구치라는 것을 저들에게 알려 줘라!"

"고도카이 출신은 야마구치구미가 될 수 없다."

"이야!"

"막아! 막으라고."

"으악!"

야쿠자들의 전투에서 총기의 사용은 일체 없었다.

이는 일본 경시청에서 이들을 감시하기 위해 발령한 특정 항쟁 지정 폭력단 꼬리표 때문이었다.

하지만 그 때문에 파워 슈트를 소지한 사카우메구미와 고베 야마구치구미의 조직원 200명은 철만난 메뚜기마냥 전장을 헤집을 수 있었다.

거대한 야마구치구미의 본영 정원은 세 개의 야쿠자 조직이 한데   여 아수라장이 따로 없었다.

그런 가운데 중문이 열리며 하카마를 입고 등장하는 일단의 사내들이 있었다.

쾅!

"웬 놈들이냐!"

이번에 나타난 이들은 앞서 기습하는 사카우메구미나 고베 야마구치구미의 타격대 행동대들과 전투를 벌이고 있는 젊은 야쿠자가 아닌, 어느 정도 나이가 있는 야마구치구미의 간부들이었다.

그리고 그중 가장 눈에 띄는 사람은 반백의 머리를 가진 사내였다.

"이제야 모습을 보인 것인가, 시노다 케이치!"

한창 젊은 야쿠자들을 상대로 무쌍을 찍고 있던 와타나베가 자신의 정적인 시노다 케이치를 발견하고 소리쳤다.

그런 와타나베의 목소리에 막 소리를 치던 시노다 케이치는 깜짝 놀랐다.

스윽!

와타나베 마사히로는 시노다 케이치를 발견하고 천천히 그에게 걸어갔다.

그러면서 얼굴에 쓰고 있던 방탄 두건을 벗었다.

그제야 자신의 앞으로 걸어오는 상대가 누구인지 확인한 시노다 케이치는 놀란 눈으로 그를 쳐다보며 소리쳤다.

"와타나베! 감히 네가 하시모토 의원의 의뢰를 무시하고 우릴 기습한 것인가?"

분명히 조금 전, 심복인 다나카 카즈오에게서 와타나

베 마사히로가 하시모토 의원이 의뢰한 청부를 하러 갔다고 보고를 받았다.

그런데 어떻게 된 일인지 조직원들을 끌고 자신을 습격한 것이 아닌가.

"아, 나 그냥 하시모토 말고 그분에게 의탁하기로 했다."

시노다 케이치의 호통을 들은 와타나베는 별것 아니란 듯 자신의 거취를 이야기하였다.

"아니……."

극도를 지향하는 야쿠자가 저리 쉽게 적에게 돌아서자, 시노다는 깜짝 놀랐다.

더욱이 오야붕이 그런 선택을 한 것이라면 그 밑에 있는 꼬붕들은 절대로 신뢰를 보내지 않는다.

이는 그들이 지향하는 극도에 반하는 일이기 때문이다.

극도를 추구하지 않는 야쿠자는 삼류 한량에 불과했다.

하지만 지금 자신들을 습격한 이들을 보면 전혀 그러한 모습들이 보이지 않았다.

오히려 영화 속 사무라이를 보는 듯한 모습을 보이며 자신의 부하들을 쓰러뜨리고 있는 것이 아닌가.

'이게 어떻게 된 일이야! 저놈들이 언제 저런 실력자

들을 대거 영입했단 말인가?'

시노다 케이치는 자신의 눈에 보이는 광경을 도저히 믿을 수가 없었다.

지금까지의 고베 야마구치구미와 전력을 비교하면 자신이 30% 정도 앞서고 있었다.

언제라도 기회만 된다면 충분히 정벌이 가능하다고 생각했다.

그런데 지금 벌어지고 있는 상황을 보면, 그런 자신의 생각이 한없이 잘못되었다는 것을 알 수 있었다.

'음……'

"뭘 그리 고민하지? 항복한다면 그나마 옛정을 생각해 멈출 수도 있는데."

와타나베 마사히로는 부하들이 뒤에서 야마구치구미의 조직원들과 전투를 벌이거나 말거나 시노다 케이치를 보며 이야기를 나눴다.

"와타나베! 일단 끝내고 이야기해!"

언제 다가왔는지 미츠노 요시무라가 그의 곁에 다가와 이야기하였다.

"요시무라인가? 언제 너희가 손을 잡은 것이지?"

시노다는 와타나베 마사히로에 이어 오사카의 사카우메구미의 보스인 미츠노 요시무라의 목소리가 들리자 깜짝 놀라며 소리쳤다.

그러자 조금 전까지 요란하게 전투를 벌이던 야쿠자들이 하던 싸움을 멈추고 그들을 바라봤다.

　전혀 딴 세상에 있는 듯한 세 사람의 모습에 야쿠자들은 조심스럽게 뒤로 물러서며 잠시 소강상태를 맞았다.

6. 일본을 떠나 이번에는 중국으로

왁자지껄!

조용하던 겟코엔 고로칸이 소란스러워졌다.

바뀐 것이라고는 젊고 아름다운 미녀 네 명이 여관 안으로 들어온 것뿐이지만, 이틀 전 잠깐 소란이 있던 것 말고는 조용함을 유지하고 있던 겟코엔이 마치 활기를 찾은 듯 요란했다.

그도 그럴 것이, 드디어 플라워즈가 아리마 온천에 특집 화보를 촬영하기 위해 이곳 겟코엔 고로칸에 도착한 것이다.

그녀들은 오키나와에서의 여름 컨셉의 수영복 촬영을

마치자마자 바로 아리마로 향했다.

수호는 플라워즈의 스케줄을 미리 들어 알고 있기에 그녀들과의 약속을 지키기 위해 이곳에서 기다리고 있었다.

그녀들과 공항에서 한 약속도 있고, 또 어떻게 지내는지 궁금하기도 했기 때문이다.

물론 여기에서의 일정이 끝나고 그녀들이 다음 행선지인 게로 온천으로 떠날 때 수호는 한국으로 돌아갈 테지만, 잠깐만이라도 보면 험난한 일정에 위안이 될 것 같았다.

때문에 수호는 이곳을 일주일간 대절해, 플라워즈 멤버들이 편하게 촬영할 수 있도록 도움을 주기로 결정했다.

아리마 온천에는 다른 유명한 온천 여관이 많지만, 그래도 이곳 겟코엔이 가장 풍경이 좋기로 널리 알려져 있었다.

"삼촌 정말로 여기서 묵어도 돼요?"

크리스탈은 눈을 동그랗게 뜨며 물었다.

그도 그럴 것이, 이곳 아리마 온천 중에서도 겟코엔은 무척이나 비쌌다.

사실 그녀들이 일본 온천 연합의 의뢰를 받아 화보 촬영을 하는 것이긴 하지만, 겟코엔 고로칸에 투숙을 하는 것에 대한 지원은 없었다.

그래서 어디 묵어야 하나 걱정하는 와중 수호가 직접 이곳 겟코엔을 대절해 마음에 드는 곳에서 쉬라고 하니 놀라지 않을 수 없었다.

게다가 이것은 플라워즈 멤버들만 해당되는 것이 아니라, 그녀들과 함께 온 스텝들까지 모두 포함되어 있었다.

물론 이게 가능한 이유는 모두 와타나베 마사히로의 힘이 작용했기 때문이다.

돈이 아무리 많다고 해도 1년의 예약 스케줄이 모두 차 있는 겟코엔을 일주일간 전부 사용한다는 것은, 웬만한 권력을 가지고는 할 수 없는 일이었다.

그렇지만 권력보다 가깝다고 알려진 게 폭력이지 않은가.

고베 지역을 꽉 잡고 있는 와타나베의 전화 한 통으로 모든 일을 쉽게 정리할 수 있었다.

아무튼, 겟코엔에서 편하게 숙식을 하며 화보 촬영을 하게 된 플라워즈나 스텝들은, 이런 일을 가능하게 한 수호에게 감사했다.

하지만 한편으로는 괜스레 다가가기 힘들었다.

너무도 다른 세계에 사는 사람 같았기 때문이다.

그렇게 플라워즈 멤버들은 온천욕을 즐기며 오키나와

의 화보 촬영에서 얻은 피로를 풀었다.

이 이틀간의 휴식은 그녀들뿐만 아니라 스텝들에게도 무척이나 도움이 된 시간이었다.

플라워즈가 여름 화보 촬영으로 고생한 것처럼 스텝들 또한 그녀들의 수발을 들고, 또 화보 촬영에 피해가 기지 않게 보조하느라 무척이나 피로가 쌓여 있는 상태였다.

그렇다 보니 서로 예민해져 있는 상태였는데, 이런 상황에서 무리하게 일정을 진행한다면 사고가 일어날 수도 있었다.

하지만 수호 덕에 그럴 일은 없었다.

그렇게 그들은 화보 촬영을 활기차게 이어 나갔다.

그러는 사이 수호는 종종 와타나베 마사히로나 미츠노 요시무라에게 보고를 받았다.

이 둘은 가장 먼저 야마구치구미에 대한 기습을 감행했다.

일본의 밤을 지배한다는 수호의 계획을 이루기 위해 가장 먼저 해야 하는 일이 야마구치구미의 재통합이었기 때문이다.

그들은 일단 대표적으로 야마구치구미와 항쟁을 하던 고베 야마구치구미, 즉 와타나베 마사히로를 앞세워 구미초인 시노다 케이치에게 연락을 하였다.

마지막 결전으로 항쟁을 끝내자는 결투장을 보낸 것이다.

물론 시노다 케이치가 바로 이를 수락한 것은 아니었다.

하시모토 켄 의원이 청부한 일도 있고, 또 와타나베 마사히로가 그 일을 먼저 하려고 겟코엔으로 갔던 일이나, 의문의 조직에 의해 와타나베의 고베 야마구치구미가 기습을 당했다는 소식을 들었기 때문이다.

그들은 일단 침묵하며 상황을 지켜 보기로 한 참이었다.

그런데 느닷없이 와타나베 마사히로가 마지막 결전을 하자고 결투장을 보냈으니 어떻겠는가?

당연히 시노다 케이치 함정이라 판단해 이를 거부했다.

그의 의중을 알기 전까진 쉽게 움직이지 않기로 결론을 내린 것이다.

들어오는 정보와 돌아가는 상황이 매치되지 않으니 시노다 케이치는 머리가 혼란스러웠다.

그렇지만 와타나베 마사히로의 도발이 그치지 않고 계속되자 어쩔 수 없이 움직일 수밖에 없는 상황이 만들어졌다.

하지만 공안의 특정 항쟁 지정 폭력단으로 선정이 된

두 조직이다 보니, 대규모로 전쟁을 벌일 수가 없는 상황이었다.

이에 시노다 케이치는 소수 정예만으로 항쟁을 끝내자고 제안하였다.

하지만 이것은 와타나베 마사히로와 미츠노 요시무라가 세워 둔 계획과 크게 다르지 않았다.

공안이 두 눈을 부릅뜨고 지켜보는 상황이다 보니, 그들 역시 다수의 야쿠자들을 동원할 수 없는 상태였다.

그러던 차에 하시모토 켄이 수호를 테러하기 위해 경시청에 연락해 일시적으로 이들이 다수의 조직원들을 움직이는 것을 허락했다.

즉, 일시적으로 특정 항쟁 지정 폭력단에서 해제를 시켜 준 것이다.

그렇다고 무턱대고 조직원 전체를 끌고 전쟁을 할 수는 없는 일이기에, 서로 일정 병력 이상 동원하지 않기로 약속했다.

물론 이러한 계획의 전반적인 내용은 수호가 짜 준 것이었다.

현재 상황을 이용해 야마구치를 다시 대통합시켜 자신의 계획을 보다 빠르게 진행하기 위함이었다.

실제로 수호가 알려 준 대로 야마구치구미의 시노다

케이치는 일시적으로 풀린 특정 항쟁 지정 폭력단을 이용해 소수 정예 결투를 제안했다.

이미 준비를 하고 있던 사카우메구미와 고베 야마구치구미는 파워 슈트를 입고 야마구치구미에서 보낸 타격대를 너무도 쉽게 제압하였다.

그도 그럴 것이, 어떤 식으로든 경험을 해 본 두 세력이기에, 파워 슈트를 효율적으로 사용하는 방법을 이미 깨달은 상태였기 때문이다.

파워 슈트는 차원이 다른 파워와 스피드, 그리고 어떤 무기도 두려워하지 않아도 될 정도로 방검, 방탄 기능이 있는 오버 테크놀러지가 종합된 뛰어난 제품이었다.

그러다 보니 아무리 야마구치구미의 최정예라고 해도 상대가 되지 않았다.

그리고 자신의 패배를 선언한 시노다 케이치는 사건의 전말을 알게 되었다.

하시모토 켄 의원이 청부를 한 한국의 기업인은 단순한 기업인이 아닌, 자신들로서는 감히 싸워 보지도 못할 정도로 엄청난 무력을 가진 거대한 존재라는 것을 말이다.

뿐만 아니라, 그의 경호원들은 일본의 야쿠자들이 다 같이 덤벼도 감히 상대가 되지 않을 정도로 막강하다는 것 또한 듣게 되었다.

물론 결과가 쉽다고 해서 과정까지 그런 것은 아니었다.

실제로 시노다 케이치는 할복까지 할 기세로 끝까지 버티고 있었다.

그러지만 모든 일이 끝났을 때, 연락을 받고 현장에 도착한 수호와 경호원들이 직접 자신들의 무력을 시범을 보인 끝에, 시노다 케이치의 승복을 받아 낼 수 있었다.

아무리 그가 일본 우익의 회원이라고 하지만, 자신의 눈앞에 있는 상대는 인간이 아니었다.

만화 속에 나오는 슈퍼 히어로나 그들이 대항하는 슈퍼 빌런에 가까운 능력을 가진 존재들이었다.

특히나 수호는 할리우드 영화에 등장하는 강철사나이에 나오는 주인공처럼 거대 군사 복합체까지 운영을 하고 있었다.

전투기는 물론이고, 군함과 잠수함 그리고 또 미사일까지 만들어 내는 거대 그룹의 오너인 것이다.

뒤늦게 이러한 사실을 알게 된 시노다는 자신이 하시모토 의원에게 속았다는 것을 대번에 깨달을 수 있었다.

아니, 어쩌면 하시모토 의원도 알고 있는 것 또한 그

정도일 뿐일지도 몰랐다.

그러니 자신들에게 테러 의뢰를 그리 쉽게 건넨 것이 아닌가 하는 생각마저 들었다.

어찌된 것이든, 그 뒤로 시노다 케이치는 수호에게 승복을 하였고, 다시 한번 일본 최대 야쿠자 조직인 야마구치구미가 통합을 이루었다.

이러한 소식은 빠르게 일본 전역으로 널리 퍼져 나갔다.

이에 일본 공안은 다시 한번 야마구치구미를 특정 항쟁 지정 폭력단으로 선정하려 하지만, 그럴 수가 없었다.

그도 그럴 것이, 통합을 한 야마구치구미가 어떤 조직과도 항쟁을 하려 하지 않고, 그저 내부 단속만을 하고 있었기 때문이다.

그러다 보니 어쩔 수 없이 가만히 이들을 지켜볼 수밖에 없었고, 일본에 거주하는 일본인들 또한 조용히 이들을 관망했다.

그렇지만 어찌 된 일인지 시간이 지나도 통합을 이룬 야마구치구미는 더 이상 세력을 확장하려는 움직임을 보이지 않았다.

사람들은 야마구치구미가 대통합을 이루었으니, 다시 한번 자신들의 세력을 과시하기 위해 다른 조직들과 전쟁을 벌일 것이라 예상을 했다.

하지만 그들이 그러한 행동을 하지 않자 모두들 의아하게 쳐다볼 뿐이다.

그렇게 사람들의 예상과 다르게 야마구치구미가 조용히 있을 때에 일본 정계에서는 커다란 사고가 일어났다.

바로 차기 자민당의 간사장으로 유력하던 하시모토 켄 의원이 자택에서 심장마비로 죽은 채 발견된 것이다.

전날까지만 해도 의욕적으로 자신의 지역구를 돌며 유세를 하던 하시모토 켄이었다.

사람들은 그렇게 허무하게 심장마비로 죽은 것에 안타까워하면서도 그의 자리를 대체하기 위해 눈치싸움을 벌이기 시작했다.

그가 죽으며 관리하던 지역구에 대한 영향력이 한순간에 사라졌기 때문이다.

다만, 몇몇 하시모토 켄 의원과 친했던 자민당 의원들은 이번 하시모토 켄 의원의 죽음에 대해 의심을 하기 시작했다.

그럴 만도 한 것이, 하시모토 켄은 겉으로 보이는 것처럼 단순한 일본의 국회의원이 아니었다.

그는 일본 우익의 대표 주자였고 차기 간사장 뿐만

아니라, 총재 그리고 일본의 총리로 이어지는 로얄로드
가 약속된 인물이었다.

그런데 그가 평소 자신의 건강에 대해, 아니, 당 차
원에서 하시모토 의원의 건강을 체크하지 않았을 리 없
다.

즉, 하시모토 의원의 죽음에 관해서 뭔가 시원치 않
은 내막이 있을 것이라 의심이 생긴 것이다.

그렇지만 아무리 조사를 해도 하시모토 의원의 사망
원인은 심장마비였으며, 부검에서도 어떤 독극물이 검
출되지 않았다.

그러다 보니 죽음에 대한 의혹은 있지만 심증만 갈
뿐, 근거가 없기에 몇몇 의원만이 속으로만 결론을 지
을 뿐이었다.

*   *   *

찰칵! 찰칵!

겟코엔 고로칸에서 야밤에 카메라 플래시가 터지고
있었다.

플라워즈는 이곳 겟코엔에 머물면서 아리마 온천 마
을의 촬영 일정을 수월히 마치고, 마지막으로 이곳 겟
코엔 고로칸의 야경을 촬영하는 중이었다.

원래라면 쉽게 촬영을 할 수 없지만, 이미 수호가 일주일간 대절을 한 상태였다.

그리고 그 뒤에는 이곳 고베를 지배하는 야쿠자들이 있다 보니, 겟코엔의 주인은 그냥 모른척 하며 무시했다.

어차피 자신들이야 돈만 벌면 되는 일이기에 한국인들이 이곳에서 촬영을 하던 일본의 기획사에서 촬영을 하든 상관없었다.

다만, 다른 때라면 투숙객들이 클레임을 걸기에 촬영을 거절하겠지만, 어차피 클레임을 걸 손님도 없기에 편하게 화보 촬영을 허락했다.

"오셨습니까?"

수호가 화보 촬영을 하는 곳에 나타나자 바로 그의 옆으로 플라워즈의 매니저인 김찬성이 다가와 말을 걸었다.

"오늘이 마지막 촬영인가?"

"예. 오늘 촬영이 끝나면 내일 두 번째 촬영지인 기후현의 게로 온천으로 떠납니다."

김찬성은 조심스럽게 질문에 대답을 하였다.

현재 김찬성을 비롯한 한빛 엔터의 관계자들은 수호를 대하는 것이 여간 어려운 게 아니었다.

그도 그럴 것이, 수호가 후원을 할 때는 몰랐지만, 한

번 관계가 틀어진 뒤에 한 걸음 뒤에서 수호가 가진 능력을 보니, 그가 가지고 있는 힘이 얼마나 큰 것인지 깨달은 것이다.

SH 그룹은 대중에는 잘 알려지지 않은 기업이었지만, 한빛 엔터에서 겪어 본 그들의 능력, 아니, 수호의 영향력은 대중에 잘 알려진 그룹들과 여타 다르지 않았다.

아니, 어떤 면에서는 더 엄청나다고 하는 게 맞을 터였다.

다른 것을 차치하고라도 이곳 온천 여관을 일주일간 대절을 한 것만 봐도 알 수 있는 대목이었다.

일본의 온천 여관은 1년 후까지 예약이 꽉 찬 곳들이 많았다.

일본의 3대 온천으로 불리는 지역에 있는 여관들은 특히나 더했는데, 이런 오래된 유명 온천 연관을 무려 일주일간 대절을 한 것, 아니, 여관 전체를 대절한 것에 놀라지 않을 수 없었다.

방 하나만 이렇게 장기 대절을 하는 것도 쉽지 않은 일인데, 일주일이나 대절하는 것은 웬만한 권력을 가지고는 어려웠다.

더욱이 수호는 한국인이었다.

일본의 권력자도 쉽지 않은 일인데 한국인이 이런 일

을 할 수 있다는 것은, 수호가 일본에서도 상당한 영향력을 행사할 수 있다는 말과 같았다.

예전에는 일본 연예계 진출도 쉽지 않은 때가 있었다.

지금이야 덜하지만, 한국의 연예인이 일본에 진출한다는 것은 웬만한 인기와 실력을 가지지 않고는 어려웠다.

그런데 수호가 이 정도 영향력이 있다면 플라워즈는 지금보다 더한 성공을 할 수도 있다는 생각이 문득 들었다.

하지만 이미 한 번 틀어진 관계는 쉽게 회복되지 않고 있었다.

무슨 이유에서인지 수호는 플라워즈와 관련된 일에는 무척이나 예민하게 반응을 한다는 것을 파악한 한빛 엔터는 이전처럼 쉽게 수호를 대할 수가 없었다.

그러니 김찬성으로서는 지금 이 상황이 너무도 안타까웠다.

자신이 담당하는 플라워즈가 다른 글로벌 스타들처럼 성장을 할 수 있는데, 사장과 팀장이 헛발질을 한 것 때문에 기회를 얻지 못하는 것이기 때문이다.

그렇지만 아직도 플라워즈에 관해선 전과 다름이 없는 수호의 모습에 김찬성은 그나마 안심을 하고 일말의

가능성을 품었다.

"게로 온천과 쿠사츠 온천에도 숙소를 마련해 두었으니 그곳을 이용하면 편할 겁니다."

수호는 오늘 한국으로 귀국을 한다.

그래서 스케줄 때문에 앞으로 더 일본에 남게 되는 플라워즈 멤버들을 위해 기후현과 군마현에 각각 숙소를 마련해 주었다.

원래 일본 온천 연합에서 이들에게 제공하는 여관이 있기는 해도 최고급은 아니고 일반적인 여관에서 조금 더 업그레이드 된 장소일 뿐이다.

하지만 수호는 자신이 후원하고, 또 조카로 삼은 플라워즈 멤버들이 그런 곳에 머무는 것은 자존심이 상했다.

때문에 수호는 한국으로 귀국하기 전 야마구치구미의 힘을 빌어, 기후현과 군마현에도 이곳 겟코엔 고로칸에 버금가는 유명 온천 연관을 수배한 것이다.

그리고는 그것을 플라워즈의 매니저인 김찬성에게 알려준 것이다.

"신경을 써 주셔서 감사합니다."

"뭐, 한동안 신경을 써 주지 못해 그런 일을 겪게 한 것에 대한 보상이라고 생각하십시오."

수호는 혜윤이 겪은 일들을 상기하며 그렇게 이야기

를 마쳤다.

"전 그만 일이 있어 귀국을 해야 하니 아만 가보겠습니다."

"아니, 아이들을 보시지 않고요?"

수호의 갑작스러운 말에 김성찬은 깜짝 놀라며 되물었다.

만약 이대로 수호를 보낸다면 플라워즈 멤버들에게 시달릴 것이다.

멀지 않은 미래를 생각하니 눈앞이 깜깜해지는 느낌이 들었다.

"뭐, 이게 마지막은 아니니 굳이 인사까지 할 필요가 있을까요."

수호는 담담히 이야기를 하고는 한창 화보 촬영을 하고 있는 혜윤과 그녀의 촬영을 지켜보고 있는 플라워즈 멤버들을 돌아보다 자리를 떠났다.

한편, 그런 수호의 뒷모습에 김성찬은 많은 생각을 하였다.

＊　　　＊　　　＊

일본에서 소정의 일을 마치고 돌아온 수호는 바로 아레스의 심보성 사장을 만났다.

수호가 일본에 있을 당시, 그가 먼저 수호에게 연락을 하였기 때문이다.

"무슨 문제라도 생긴 것입니까?"

피곤한 얼굴의 심보성 사장을 본 수호는 굳은 표정으로 물었다.

"들었는지 모르겠지만, 현재 상황이 그리 좋지 못하네."

심보성은 찡그린 표정으로 질문에 답을 하였다.

그도 그럴 것이, 수호와의 협상을 통해 장군회에서는 신장 위구르 자치구와 티베트에 훈련 교관을 파견해 그곳의 무장 독립군들을 무장시키고 있었다.

그런데 그 비밀이 중국 정부에 흘러 들어가게 되면서 위기를 맞은 것이다.

다행히 무장 투쟁을 하던 반군들 일부가 붙잡혀 갔을 뿐, 아레스의 교관들은 무사했다.

하지만 어떤 경로로 정보가 흘러나간 것인지 아직까지 파악하지 못했고, 또 중국의 무장 경찰과 군대 때문에 고립된 그들에게 쉽게 접근하기가 어려워졌다.

"그 말씀은 보급이 어려워졌다는 말씀이죠?"

심보성 사장의 이야기를 간추리면 방금 전 수호가 한 이야기처럼 무장 반군과 교관으로 간 아레스 직원들에 대한 보급이 중단이 되었다는 것이었다.

그나마 아프가니스탄과 국경을 맞대고 있어 어떻게든 보급을 하고 있지만, 이마져도 끊기기 직전이었다.

무장 반군들에 의해 벌어진 테러로 중국 정부가 받은 피해가 심각하기에, 신장 위구르 지역과 아프가니스탄과의 국경 지대의 경비를 강화하고 있기 때문이었다.

"잘 되었네요."

"잘돼?"

"네. 그렇지 않아도 파견된 아레스 직원들의 안전이 조금 걱정되어 조만간 보급품을 직접 지급할 계획이었거든요. 이참에 그것들을 보급하면 되겠네요."

"?"

심보성 사장은 지금 수호가 하는 말이 조금 이해가 되지 않았다.

안전을 위해 무슨 보급품을 지급한다는 건지, 전혀 짐작이 가지 않았기 때문이다.

현재 중국 정부는 신장 위구르 지역에 장갑차는 물론이고, 고산지대에서도 운용 가능한 경전차까지 동원을 하는 중이었다.

또한 반군들을 몰아내기 위해 만반의 준비를 하는 한편, 보이는 족족 과한 병력을 파견해 반군들을 소탕하고 있었다.

다행이라면 반군들의 훈련 상태가 무척이나 좋은 것

은 물론이고, 아레스를 통해 지원된 중화기로 중국군의 장갑 차량들을 상대하여 꽤 유의미한 성과를 내고 있었다는 점이다.

"이번에 SH화학에서 신개념 방탄복을 개발했습니다."

"신개념 방탄복?"

심보성은 고개를 갸웃거리며 수호의 말에 의문 가득한 눈으로 그를 쳐다보았다.

심각한 상황에서 느닷없이 신개념 방탄복 이야기를 꺼내는 이유를 알 수가 없었다.

더욱이 방탄복은 이미 보급을 하고 있기에, 다르면 얼마나 다르겠냐는 생각마저 들었다.

"방탄복이라고 하기 보단 파워 슈트라고 하는 것이 더 확실하겠네요."

"뭐? 파워 슈트? 혹시 그……."

파워 슈트란 말에 심보성은 두 눈을 부릅뜨며 물었다.

파워 슈트는 미국을 비롯한 서방세계는 물론이고, 러시아를 비롯한 군사 선진국들에서 연구 개발을 하기 위해 천문학적인 예산을 투입을 했지만, 아직도 완성되지 못한 꿈의 물건이었다.

입기만 해도 인간이 가진 몇 배의 능력을 발휘할 수

있다는 것이 바로 그 파워 슈트의 이상이다.

하지만 계획과는 다르게 현재까지 개발된 파워 슈트 중 가장 성능이 뛰어난 것이라 해도 인간이 가진 신체 능력의 30% 정도 더 향상시킬 뿐이었다.

그 말인즉슨, 파워 슈트라 부를 정도로 완성형에 가까운 것은 아직까지 나오지 않았다는 소리다.

그런데도 지금 심보성이 눈은 반짝이고 있었다.

심보성은 지금까지 수호와 거래를 하면서 한 가지 깨달은 것이 있었다.

그것은 바로 수호는 확실한 것이 아니면 절대로 말을 꺼내지 않는다는 점이었다.

때문에 수호가 지금 파워 슈트라 이야기하는 것은 실제 군에서 요구하는 성능에 근접했다는 이야기나 마찬가지였다.

그러니 심보성이 놀라지 않을 수가 있겠는가.

"어느 정도까지 개발한 것인가?"

심보성은 성능에 대한 궁금증이 사라지지 않아 물어볼 수밖에 없었다.

"현재 개발된 파워 슈트의 경우, 최고 출력은 착용자가 낼 수 있는 신체 능력의 100%까지 완성했습니다."

"100%?"

"네. 하지만 최고 출력으로 파워 슈트를 사용하면 사

용 시간은 30분 정도가 한계입니다."

"음……."

심보성 사장은 작은 신음을 터뜨렸다.

솔직히 30분이란 사용 시간이 너무도 짧았기 때문이다.

한 시간만 넘었어도 전투에서 상당한 쓸모가 있을 테지만, 그 절반이라면 전술적인 한계가 분명했다.

"하지만 적정 출력인 30% 정도만 사용한다면 두 시간까지 사용 시간이 연장됩니다. 아니, 50% 출력으로 해도 한 시간까진 무난하게 사용 가능할 것입니다."

수호는 일본에서 시험한 파워 슈트의 성능에 대해 간략하게 이야기를 하면서도 어떻게 사용하는 것이 좋은지 들려 주었다.

그런 수호의 설명에 심보성은 다시 한번 파워 슈트에 대해 생각을 해 보았다.

전투가 꼭 전면전만 있는 것은 아니다.

특히나 반군들의 경우 정규군을 상대로 전면전을 한다면 무조건 필패다.

그것은 아무리 반군이 최신의 장비로 무장을 했더라도 정규군의 규모가 훨씬 큰 것은 물론이고, 또 훈련이나 보급 등에서 정규군의 상대가 될 수 없기 때문이었다.

그러니 반군의 경우 정규군을 상대로 무조건 유격전을 펼쳐야만 승산이 있었다.

더욱이 신장 위구르 지역의 경우 고산지대가 많기에 유격전을 펼치기 무척이나 좋았다.

"보급품은 파워 슈트가 전부인가?"

한참을 생각하던 심보성은 보급품이 그것 뿐인지 물었다.

"아닙니다. SH중공업에서 이번에 분대 전술용 소형 장갑 차량을 개발했습니다. 그것과 함께……."

"분대 전술 차량?"

분대 전술 차량은 현대 육군에 무척이나 필요한 차량이다.

예전 0.25톤 트럭 대신 육군에서 D&D에 요구해 만든 분대 수송용 차량이 있지만, 특수 작전용으로는 맞지 않았다.

그도 그럴 것이, 군용이라고 부르기에는 방탄 성능이 너무도 떨어졌기 때문이다.

그 때문에 특수부대에서는 육군이 채택한 전수 차량을 사용하지 않고 있었다.

"기존의 소형 전술 차량의 설계도를 얻어 특수부대의 작전에 맞게 차량의 마력과 장갑을 업그레이드한 것입니다."

"업그레이드? 어느 정도나?"

심보성은 소형 전술 차량을 업그레이드 했다는 소리에 어느 정도나 성능 업그레이드를 했는지 물었다.

"총중량 5,500킬로그램에 탑재 중량은 3톤, 엔진 출력은 V6 터보 디젤 엔진으로 350마력으로 기존의 것보다 120마력이나 업그레이드하였습니다. 그리고……."

수호는 SH중공업에서 업그레이드 한 특수부대용 소형 전술 차량에 대한 제원을 설명했다.

이를 듣고 있던 심보성은 경악을 금치 못했다.

방금 전 수호가 한 이야기를 들어보면, 그것은 단순한 소형 전술 차량이 아닌 보병 전투 차량에 더 가까웠다.

무장도 7.65㎜의 경기관총부터 30㎜ 기관포까지 옵션이 다양했다.

더욱이 선택 사양으로 휴대용 공대공 미사일이나 대전차 미사일까지 거치가 가능하다는 것이다.

즉, 이 소형 전술 차량으로 지상전의 왕자인 전차도 상대가 가능할 뿐만 아니라 공격 헬리콥터나 3세대 급의 전투기도 상대가 가능했다.

정말이지 이게 사실이라면 스팩만으로 두려울 것이 없는 무장 차량이었다.

"정말 이게 가능한 것인가?"

"못할 게 뭐가 있습니까? 저희가 기술이 없습니까? 무장할 무기가 없습니까?"

수호는 믿기지 않는 눈으로 자신을 쳐다보는 심보성 사장의 질문에 그렇게 답을 했다.

현재 SH 그룹이 보유한 기술이면 방금 전 말한 소형 전술 차량의 개발이 허황된 이야기도 아니었다.

그만큼 수호가 중국에서 가져온 USB에는 많은 것이 담겨 있었다.

기존 한국이 보유한 무기들과 USB 안에 담겨 있던 것, 그리고 슬레인이 수집하고 연구한 무기들은 사실상 현존하는 무기들 중 가장 뛰어난 것들이다.

그것들 중 일부만 이용해 만든 소형 전술 차량은 지구상 현존하는 것들 중에서도 매우 독보적인 위치에 있었다.

더욱이 수호가 이것을 신강과 신장에 파견된 아레스의 직원들에게 보급하려는 것은, 실전에서 어느 정도의 능력을 보일 수 있는지 알아보기 위해서다.

작전 중 노획이 되더라도 중국 정부는 그것이 어느 나라에서 개발한 것인지 알 수 없을 것이고, 또 생각을 해 봐도 설마 그것을 자신들 보다 아래라 생각하는 한국에서 개발했을 것이라고는 절대 생각지 못할 것이었다.

다만, 중국 정부의 의심은 미국으로 향할 것이니, 나중에라도 미국이 이것의 출처를 알아보기 위해 조사를 나서면 골치가 아플 수도 있었다.

하지만 수호는 그것에 대한 걱정은 하지 않았다.

미국이 그것을 알아챘을 때는, 대한민국이 지금과는 다른 위치에 있을 것이기 때문이다.

일본이 자신들의 발전을 위해 정한론을 주장하듯 대한민국이 성장을 하기 위해선 한반도를 둘러싼 중국과 일본이 혼란에 휩싸여야만 한다.

역사를 둘러봐도 한 나라가 성장하기 위해선 인접한 국가가 분열하고 혼란에 빠지는 것이 당연하기 때문이었다.

그래서 일본에 갔던 것이고, 중국에 한 줄기 끈을 풀어 놓은 것이다.

"그런데 국경의 경비가 삼엄한데 이것들을 보급하는 것이 가능할까?"

지금까지 수호의 설명을 들은 심보성은 심장이 흥분으로 두근거리면서도 걱정이 되었다.

이것들이 고립된 반군과 교관으로 간 직원들에게 전달이 될지가 우려됐다.

그런 심보성 사장의 걱정 섞인 질문에 수호는 빙그레 미소를 지었다.

"이번 보급은 저희 SH에서 책임지겠습니다."

자신의 부탁 때문에 심보성은, 아니, 아레스는 직원을 파견해 신장과 신강에 직원들을 파견하였다.

이 모든 것이 국가를 위한 것이라 판단을 하여 직원들을 파견한 것이기는 하지만, 심보성으로선 그들이 걱정이 될 수밖에 없었다.

*   *   *

수호는 인도 켈커타를 거쳐 북으로 올라와, 시킴 주를 통해 히말라야를 넘어 티베트로 들어가는 루트를 잡았다.

겉으로 보기에는 커다란 트럭들을 이용한 육상 무역을 하는 것처럼 꾸몄지만, 그것들 안에는 다량의 무기들이 적재되어 있었다.

그런데 어떻게 된 일인지 이것들은 일체의 검문을 받지 않고 켈커타 항을 무사히 빠져나와 인도의 동북쪽 끝인 시킴 주까지 무사히 통과를 했다.

하지만 이것은 결코 이상한 것이 아니었다.

사전 인도 정부와 비밀리에 합의를 하고 무기들을 옮기는 것이었다.

현재 인도는 파키스탄은 물론이고, 중국과도 국경 분

쟁을 하고 있는 중이다.

이 때문에 미국과 일본, 그리고 호주를 포함한 쿼드를 형성하고 있다.

그런데 중국의 자치주로 반군들에게 보급할 무기들을 밀수를 하겠다는 조직이 나와 로비를 하니, 이를 들어주지 않을 이유가 없었다.

물론 허락을 하는 것에는 많은 비자금이 투입이 되었지만, 수호는 이를 아까워하지 않았다.

"사장님, 곧 국경입니다. 그런데……."

김국진은 곧 인도와 중국의 국경이 맞대고 있는 지역에 도착한다는 보고를 하면서도 긴장을 멈출 수 없었다.

국정원에서 이 지역에 대한 정보를 들어보기는 했지만, 현장에 투입된 것은 처음이었다.

더욱이 국내 파트만 담당을 했기에, 지금과 같은 대규모 무기를 반군에 보급하는 작전은 한 번도 해 보지 못했다.

그러다 보니 긴장이 되지 않을 수가 없었다.

자칫 중국 국경경비대에 들키기라도 하면 큰 문제로 비화될 수 있었기 때문이다.

"뭘 걱정하는지 알겠지만 그런 일은 일어나지 않을 겁니다."

수호는 이번 일에 전혀 걱정을 하지 않았다.

아무도 모르게 반군들에게 무기를 넘기는 것은 어렵게 생각하면 어려운 일이지만, 또 다르게 생각하면 쉬울 수도 있었다.

아무도 모르면 그것이 바로 암살이라는 어떤 청부업자의 말처럼 만약 중국 측 국경 경비대에 발각이 되더라도 그들을 전멸시킨다면 되는 일이라 생각했다.

그리고 실제로도 그 정도 전력은 있기에 이런 여유를 부릴 수 있었다.

하지만 수호도 마냥 그것 때문에 긴장을 풀고 있는 것은 아니다.

그가 믿고 있는 것은 사실 슬레인이었다.

다른 사람들은 아직 눈치를 채지 못하고 있지만, 수호는 슬레인을 통해 이 일대를 모두 눈에 꿰듯 모두 살피고 있었다.

[이대로만 가면 중국군이 알지 못할 것입니다.]

인공위성을 통해 이 일대를 모두 감시하고 있던 슬레인은 현재 중국의 국경 경비대원들이 자신들이 가는 방향과는 다른 곳에 주둔을 하고 있음을 알려 주었다.

'좋아, 계속해서 중국군의 움직임을 살펴줘.'

[알겠습니다. 다만, 지금 있는 곳에서 북서쪽으로 30㎞ 떨어진 곳에 중무장을 하고 있는 조직이 움직이고 있습니다.]

'중국군인가?'

수호는 슬레인에게 되물었다

[아닙니다. 행색으로 봐선 CIA나 SOCOM(미국 특수작전 사령부)에서 파견된 델타 포스로 파악 됩니다.]

사실 미국은 오래전부터 중국을 견제하기 위해 신장 위구르와 티베트의 반군들에게 지원을 하고 있었다.

이는 과거에 아프가니스탄을 침공한 소련에 대항하기 위해 아프가니스탄 반군들을 지원한 것과 같은 작전임 이 분명했다.

즉, 수호와 비슷한 일을 하고 있는 것이다.

'흠, 미국이란 말이지.'

[예, 그렇습니다.]

'미국이라지만 들켜서 좋을 것은 없지. 그들의 움직 임도 잘 살펴 봐.'

수호는 대한민국의 동맹인 미국도 믿지 않았다.

미국은 자국의 이득을 위해서라면 동맹도 충분히 이 용할 나라라는 것을 잘 알기 때문이다.

더욱이 요즘 대한민국이 기지개를 켜며 성장을 하려 는 때, 이 무기들을 본다면 분명 딴지를 걸려고 할 것이 분명했다.

때문에 이처럼 비밀스러운 작전을 미국에 들켜선 자 칫 뒤통수를 맞을 수도 있었다.

[알겠습니다.]

마스터인 수호의 명령에 슬레인은 대답을 하고 미군으로 보이는 조직의 움직임도 예의 주시했다.

7. 무장 독립군과 함께

일행에게 접근하는 미군 특수부대를 피해 티베트으로 들어간 수호는 딩제호에 캠프를 만들었다.

사실 시킴 주를 지나 티베트와의 국경 지대를 넘어 안으로 들어올 때, 잠시 위기에 처할 뻔했다.

하지만 이미 인공위성을 장악한 슬레인의 도움으로 접근하는 무리들을 미리 파악해 경로를 수정하여 마주치지 않았다.

뭐가 되었든 정식 허가도 없이 몰래 무기들을 밀수하는 것이니, 사람들의 눈에 띄어서 좋을 게 하나도 없었다.

그렇게 사람들의 눈을 피해 딩제호에 정착하니 조금은 긴장이 풀렸다.

"사장님 베이스캠프 설치가 완료되었습니다."

김국진은 호숫가에서 쉬고 있던 수호에게 다가와 보고하였다.

"그럼 바로 무전해서 보급품을 받아가라고 하세요."

수호와 이들이 여기 온 것은 티베트 독립군에게 보급품을 지원하기 위해서다.

중간에 본 미군 특수부대도 사실 티베트 독립군이 사용하는 무기와 탄약을 보급하기 위해 국경을 넘은 것이었다.

하지만 수호는 굳이 이들과 함께 할 이유를 찾지 못했다.

전에도 설명을 하다시피 미국은 자국에 이득 된다면, 적국에게도 무기와 정보를 팔 수 있는 나라다.

그러니 아직 미국만큼의 힘을 가지지 못한 상태에서 이런 비밀 작전이 노출된다면, 대한민국에 좋을 것이 없었다.

더욱이 지금 벌이고 있는 일은 대한민국 정부가 하는 일이 아닌, 장군회와 자신이 벌이는 일이었다.

그런고로 더욱 기밀을 유지해야만 했다.

수호는 한국을 출발하기 전, 아레스의 심보성 사장을

만나 훈련 교관으로 파견된 직원들에 대한 정보와 접선 방법을 들었다.

때문에 지금 김국진을 통해 그들을 호출하려는 것이다.

그렇게 딩제호에 베이스캠프를 차린 수호 일행이 무전을 보낸 지 두 시간 정도 흐른 뒤에야 추레한 모습의 사람들이 나타났다.

이들의 정체는 바로 아레스에서 파견된 PMC 두 명과 티베트 독립군 삼십여 명이었다.

"웰컴!"

수호와 SH시큐리티 직원들은 모두 두건을 쓰고 영어로 티베트 독립군을 맞이하였다.

혹시라도 나중에 티베트 독립군이 포로로 잡히더라도 자신들을 지원하고 있는 단체의 정체가 대한민국임을 숨기기 위한 조치였다.

그리고 훈련 교관으로 간 아레스의 PMC들도 티베트 독립군을 교육시킬 때, 영어만 사용하며 정체를 숨기는 중이었다.

때문에 수호도 이에 맞추느라 한국어를 사용하지 않았다.

"고생이 많으십니다."

"아닙니다. 이렇게 위험한 곳까지 직접 보급을 하러

오신 여러분들이 더 고생이 많죠."

수호는 티베트 독립군의 지휘관 라오칸과 자연스럽게 대화를 나눴다.

처음에는 영어로 대화를 하다가 점점 티베트어를 구사하는 수호를 본 그는 깜짝 놀랐다.

현지인이라 해도 믿을 만큼 너무도 유창했기 때문이다.

"우리말을 아주 잘하시는군요."

"현생 부처이신 달라이라마께서 하는 말씀에 관심이 많다 보니 배우게 됐습니다."

실제로 수호는 달라이라마가 전생을 기억하며 윤회한다는 믿기 힘든 사실에 관심이 생겨 티베트에 대해 공부한 적이 있었다.

그때 배운 사실을 지금에 와서 톡톡히 쓰고 있는 것이다.

"그렇군요."

사실 무저항 무폭력으로 티베트의 독립을 요구하는 달라이라마의 주장을 라오칸은 그리 신용하지 않았다.

그도 그럴 것이, 달라이라마의 뜻에 따라 비무장 독립 운동을 하던 수많은 티베트인들이 중국 공안에 체포되었기 때문이다.

그뿐만 아니라, 수용소에 끌려가 모진 고문을 받고

비인간적 생체 실험으로 죽어 갔다.

또한 그렇게 죽은 자들의 장기를 척출해 팔기까지 했다.

하지만 아직도 달라이라마는 계속해서 비무장 독립을 주장하고 있었다.

이에 라오칸은 자신의 이웃, 친척들이 중국군에 의해 비참하게 죽어간 것에 대한 복수를 하기 위해 무장봉기를 일으켰다.

결과는 좋지 못했다.

당시 그와 동료들에게 무기라고는 히말라야에 분포한 눈 표범이나 늑대 등의 맹수를 쫓는 엽총이나, 보리를 수확할 때 사용하는 낫 정도가 전부였다.

그에 반해 티베트에 주둔하고 있는 중국군의 무장은 실로 엄청났다.

장갑차는 물론이고, 기관총으로 무장하고 있어 근처로 다가갈 수조차 없었다.

그렇게 그들의 무장봉기는 계란으로 바위를 내려친 것처럼 아무런 결과를 만들어 내지 못했다.

라오칸과 동지들은 히말라야 깊은 곳으로 숨어들 수밖에 없었다.

그 뒤로 미국과 서방세계의 나라들의 지원을 받아 무장 수준을 높일 수는 있었지만, 아직도 중국군에 비해

선 매우 부족하다.

그나마 다행인 것은 아직도 그들을 응원하는 서방국가가 많은지 용병을 보내 자신들을 훈련시키고, 지원해 준다는 것이다.

"이번 보급품은 무기와 탄약뿐만이 아니라 약과 식량까지 있습니다. 그리고… 음, 이건 직접 보는 게 낫겠군요."

수호는 티베트 독립군 지휘관 라오칸과 함께 걸으며 보급품이 있는 곳으로 향했다.

딩제호 작전 캠프 가장자리에 설치되어 있는 커다란 천막으로 간 수호와 라오칸은 곧장 안으로 들어갔다.

그 안에는 아레스에서 파견한 교관들이 먼저 자리하고 있었다.

수호는 그들에게 가볍게 인사하고, 한쪽에 쌓인 커다란 무광 코팅을 한 알루미늄 케이스 하나를 꺼냈다.

한눈에 봐도 고급스러워 보이는 물건이었다.

하지만 이를 바라보는 사람들의 시선에는 질문거리가 가득했다.

이런 오지에 보급을 위해 오면서 굳이 이렇게 비싸 보이는 고급 케이스를 가져올 필요가 있는 건지 궁금했기 때문이다.

수호가 상자를 열자 교관은 그 모든 문제가 한순간

사라지는 것을 느끼며 놀랐다.

그 안에는 익히 들어 알고 있는 검정색 전신 슈트가 들어 있었기 때문이다.

수영 선수들이 입는 반건식 잠수복처럼 보이지만, 자세히 보면 그것보다 더 두꺼웠다.

'역시……'

아레스에서 파견한 교관은 자신도 모르게 슈트의 겉을 쓰다듬었다.

생각보다 질감이 훨씬 부드러웠다.

"이거… 그겁니까?"

그는 슈트에서 눈을 떼지 못하고 수호에게 질문하였다.

"네. 짐작하시는 대로 이것은 파워 슈트입니다."

"헉!"

조용히 지켜보던 또 다른 교관이 수호의 말에 당황하며 탄성을 질렀다.

군에 있다 보면 종종 새로운 무기에 대한 정보를 들을 때가 있다.

하지만 이 두 사람이 특수부대에 있을 때만 해도 개발 중이라는 소식만 들려올 뿐, 상용 가능한 실물이 나왔다는 소문을 들은 적은 없다.

그저 미국에서 엑소슈트라는 이름으로 개발되고 있으

며, 30분간 작동하여 인간 신체 능력의 30% 정도를 향상시킨다고만 알고 있었다.

게다가 워낙 신경 써야 할 것이 많아 개발에 난항을 겪고 있다는 이야기를 들었는데, 한국에서 이미 완성한 것을 보고 한 번, 그리고 자신들이 익히 알던 모습과 전혀 다른 형태이기에 또 한 번 놀란 것이다.

사실 미군이 개발하고 있다는 파워 슈트는 몸에 입는 것이라기 보단 외골격에 가까운 로봇의 형태였다.

신체 관절 부위에 부착하는 기계적인 모습을 하고 있어 영화 앳지 오브 투모로우에 나오는 스켈레톤 아머의 모티브가 되기도 했다.

그에 반해 지금 보고 있는 것은 코믹스의 슈퍼히어로들이 입는 쫄쫄이와 비슷해 보였다.

때문에 그들은 활동성과 기동성이 훨씬 뛰어날 것이라 판단했다.

고산지대인 이곳 티베트에서 엑소슈트를 입고 다닌다면, 여간 불편할 것이다.

나뭇가지나 덩굴에 걸리는 것은 물론이고, 망가지기라도 한다면 버리는 것 외에는 선택지가 없다.

그에 반해 속옷 형태에 가까운 수호의 파워 슈트라면 활동하는데 전혀 지장이 없고 큰 도움이 될 것이다.

"이것은 현대 과학이 집약된 물건입니다. 한 벌당 제

작 단가가 비싼 관계로 많은 수량을 보급해 줄 수는 없습니다."

"음, 그럼 몇 벌 정도를 보급해 줄 수 있습니까?"

파워 슈트에 대한 설명을 들은 라오칸은 조심스러운 목소리로 수호를 쳐다봤다.

"저희는 이곳 티베트 독립군은 물론이고, 신장 위구르 지역의 독립에도 지원하고 있습니다. 때문에 이곳에 보급할 수 있는 파워 슈트의 수량은 100벌이 한계입니다."

라오칸은 실망감을 감출 수 없었다.

현재 자신의 파벌에 속한 무장 독립군만 해도 300명이 넘었다.

그 말은 200명의 부하들은 보급을 받지 못한다는 이야기였다.

수호의 파워 슈트가 생존력을 높이는 데 효과적이다 보니 쉽게 물러날 순 없었다.

"조금 더 안 되겠습니까?"

라오칸은 부하의 목숨을 조금이라도 더 많이 지키고 싶었다.

하지만 수호는 조용히 고개를 저었다.

그도 그럴 것이, 이들에게 계획보다 더 많은 수량의 파워 슈트를 지급하게 된다면 신장 위구르 지역의 독립군은 그만큼 덜 받을 수밖에 없다.

"사정은 잘 알지만 그건 어렵습니다."

수호는 이럴 때일수록 맺고 끊음이 중요하다는 것을 알기에 단호하게 대응했다.

"후, 알겠습니다."

"대신이라고 하긴 뭐하지만, 중국군의 장갑차량과 전투기에 대항할 수 있는 중화기들을 더 드리겠습니다."

파워 슈트를 보며 아쉬워하는 라오칸의 모습을 보며 수호는 이들에게 필요한 무기를 더 보급해 주겠다고 설득하였다.

사실 티베트 독립군들에게 파워 슈트보다 더 필요한 것은 일반 보병으론 상대할 수 없는 전차나 전폭기에 대응할 수 있는 무기들이었다.

물론 파워 슈트도 큰 도움이 되겠지만, 이는 생존력만을 늘려 줄 뿐이었다.

때문에 수호는 중동에서 전차를 잡는데 맹위를 떨친 RPG—7의 발사기 10개와 로켓 100발을 추가로 제공했다.

또한 대공 방어를 위해 러시아제 중기관총 NSV을 개량한 코르트를 공급했다.

코르트 중기관총은 다른 것들과 다르게 한 손으로 들고 쏠 수 있을 정도로 가벼웠다.

만약 파워 슈트를 착용한 채 이 코르트 중기관총을 쏜다면 반동을 거의 느끼지 못할 것이다.

수호는 그들에게 산악 지대에서 게릴라전을 펼친다면, 방어력이 약한 중국의 경전차나 장갑차량 정도는 충분히 상대 가능할 것이라 알려 주었다.

사실 겉으론 멀쩡해 보이는 중국산 무기들의 경우, 생각보다 방어력이 무척이나 약해 경전차의 측면 장갑 정도는 RPG—7이 아니더라 이 코르트 중기관총으로도 충분히 뚫을 수 있었다.

그러니 전차보다 얇은 장갑차의 경우는 어떻겠는가. 보병의 소총탄이야 막아 낼 수 있지만, 12.7밀리미터나 되는 중기관총의 총탄에는 구멍이 숭숭 날 것이다.

수호는 그런 코르트 중기관총을 무려 5정이나 가져왔다.

솔직히 RPG—7을 구하는 것은 무척이나 쉬웠다.

동구권 국가들 중 RPG—7을 생산하는 나라가 많았기 때문이다.

하지만 이 코르트 중기관총의 경우, 러시아 정규군에만 납품되는 무기라 쉽게 구할 수가 없었다.

수호도 무기 밀매상을 통해 어렵게 사서 들여온 것이다.

이걸로 끝이 아니었다.

막대한 수를 앞세워 몰려오는 중국군이나 무장 경찰을 제압하기엔 중화기는 적절치 않았다.

때문에 다수의 병력을 상대할 수 있는 경기관총 또한 열 정을 가지고 왔다.

게다가 수호는 육상 무기만 가져온 것이 아니었다.

중국군의 젠 전투기를 상대할 러시아제 이글라—S 휴대용 지대지 미사일을 열 기나 가져왔다.

이는 적은 수라 느껴질 수 있지만, 미사일의 성능을 생각한다면 절대 그렇지 않았다.

최고 속도는 마하 2에 사거리는 무려 6킬로미터나 되고, 사격 고도는 1~3,500미터나 되며, 10.8킬로그램의 고폭탄을 가지고 있어 단 한 발로 전투기를 떨어뜨릴 수 있는 화력을 가지고 있었다.

그러니 비록 열 기라 해도 중국군의 전투기에 충분히 대항할 수 있는 전력이었다.

이렇게 휴대용 지대공 미사일부터 대전차 미사일과 RPG—7 등 전투에 필요한 중화기가 확보되자 라이칸과 티베트 독립군 지도부는 흥분을 감출 수 없었다.

하지만 수호가 가져온 보급품은 그것이 전부가 아니었다.

수호는 이들을 데리고 또 다른 천막으로 향했다.

그곳에는 언제 조립되었는지 한국에서 가져온 신형

소형 전술 차량이 놓여 있었다.

언뜻 봐선 미국이 걸프전에서 사용하던 전술 차량인 험비를 닮은 것 같았다.

"설마 이것도 우리에게 주는 것입니까?"

비록 다섯 대에 불과하지만, 티베트 독립군이 사용하는 낡은 픽업트럭과 비교하면 하늘과 땅 만큼이나 차이 나는 물건이었다.

"물론입니다."

수호는 자신이 가져온 소형 전술 차량의 기능을 하나하나 설명하기 시작했다.

이를 들은 라이칸은 물론이고, 소형 전술 차량에 대해 어느 정도 알고 있던 아레스의 파견 교관들도 그 기능에 깜짝 놀랐다.

그들이 군에서 사용하던 것과 비교해도 떨어지지 않는 성능을 보유했기 때문이다.

사실 군에서 사용하던 소형 전술 차량의 경우, 소총탄에는 견디지만 경기관총에서 쏘는 철갑탄에도 관통되는 생각보다 약한 장갑을 가지고 있었다.

그런데 지금 설명을 들은 소형 전술 차량은 특수부대가 사용하기엔 과분할 정도로 방어력이 뛰어났다.

그도 그럴 것이, 경기관총은 물론이고, 대물 저격총의 피격에도 방어가 가능하고, 105㎜의 전차포에 피격당

해도 관통되지 않을 정도로 방어력이 뛰어났다.

솔직히 수호의 설명을 들은 사람들은 반신반의하고 있지만, 아레스에서 파견된 교관들은 두 눈을 동그랗게 뜨며 감탄하였다.

이들은 SH화학에서 방탄 스프레이를 개발한 사실을 알고 있기 때문에 수호의 허무맹랑한 설명에도 믿음을 가질 수 있었다.

"가져온 무기들을 소형 전술 차량에 거치하면 중국의 전차도 두렵지 않겠습니다."

교관 중 한 명인 이중섭은 입가에 미소를 지으며 차량을 쓰다듬었다.

"그러게. 메티스 대전차 미사일과 이글라—S 지대공 미사일, 그리고 코르드 중기관총까지. 하하하"

이중섭에 이어 김한구도 사랑스러운 눈빛으로 물자를 바라봤다.

실제로도 그의 말이 틀린 건 아니었다.

지금 수호가 가져온 무기만으로 무장해도 중국군 기갑 중대 하나는 충분히 상대가 가능했다.

다만, 그것을 어떻게 잘 운용할 것인지는 이 두 사람이 티베트 독립군을 어떻게 훈련시키느냐에 따라 달린 문제였다.

티베트 독립군은 열정 가득한 뜨거운 눈으로 훈련 교

관을 바라봤다.

✽   ✽   ✽

　수호와 일행은 티베트 독립군과 함께 하루를 딩제호 캠프에서 머물렀다.

　다른 무기나 장비들은 이미 사용 중이거나 기본 베이스가 비슷하기에 약간의 설명만으로 사용할 수 있었다.

　하지만 티베트 독립군이 전혀 접해 보지 못한 아니, 이들을 교육하는 아레스의 교관들 또한 한 번도 사용해 보지 못한 장비인 파워 슈트 때문에 어쩔 수 없이 하루를 함께할 수밖에 없었다.

　솔직히 파워 슈트의 사용법은 의외로 간단했다.

　입은 뒤에 POWER 스위치를 켜기만 하면 작동하는 정도다.

　다만, 파워 슈트를 구동하기 위해선 에너지가 필요한데, 이를 충전하는 것이 간단하지 않았다.

　파워 슈트는 수호가 가져온 소형 전술 차량에 탑재된 발전기로 충전이 가능하지만, 한 번에 가능한 수량은 겨우 스무 벌이었다.

　그러다 보니 파워 슈트 100벌을 모두 충전하기까지 다섯 번에 나눠 충전해야만 하는데, 한 번 충전하는 데

두 시간이 걸렸다.

즉, 100벌을 모두 충전하는데 열 시간이 걸린다는 뜻이고, 그 말은 작전을 한 번 수행하고 나면 다음 날은 사용할 수 없다는 것이다.

이론상으로야 겨우 열 시간만 대기하면 되지만, 현장 상황이란 것이 언제나 평화로운 것은 아니었다.

더욱이 이들은 중국 정부에 반기를 든 독립군이다.

그러니 언제나 전시 상황을 염두에 두고 파워 슈트를 사용할 수 있어야 했다.

수호는 이런 최악의 상황을 상정해 티베트 독립군 지휘관들에게 파워 슈트 운영에 대해 자세히 설명을 해 주었다.

파워 슈트의 운용은 이미 일본 야쿠자들에게 지급을 하여 검증을 거쳤다.

다만, 야쿠자들은 같은 야쿠자들을 상대로 사용을 한 것이라 정규군과 전투를 하는 것은 또 다른 문제였기에 수호는 이런 점을 티베트 지휘관들에게 주지시켰다.

물론 이를 함께 듣고 있던 아레스의 훈련 교관들도 수호의 설명을 깊이 새겨들었다.

한창 수호가 티베트 독립군에게 파워 슈트 운용 전술에 대해 이야기를 하고 있을 때, 무언가 발견했는지 슬레인이 급히 수호를 찾았다.

[마스터, 중국군의 움직임이 수상합니다.]

'그게 무슨 소리지? 중국군의 움직임이 수상하다니?'

슬레인의 목소리는 매우 다급해 보였다.

[중국의 무장 병력이 르카쩌시로 가고 있습니다.]

중화인민공화국 티베트 자치구에 위치한 르카쩌시는 인구 65만에 이르는 도시다.

현재 수호 일행이 머물고 있는 지역도 정확하게는 르카쩌시에 속할 정도로 거대하기도 했다.

하지만 지금 슬레인이 말하는 장소는 타쉬룬포 사원이 있는 곳을 의미했다.

[병력은 중대급으로 중국의 서부전구 정규군은 아닙니다. 중국의 무장 경찰로 판단됩니다.]

슬레인이 포착한 부대는 정규군이 아니었다.

중국 내에서 활동하는 준군사 조직인 무장 경찰 조직이었다.

하지만 중국 군대가 뒤에 있는 부대라 차륜형 장갑차와 같은 전차와 중화기도 상당수 가지고 있는 세력이기도 했다.

실제로 이들의 전력은 동남아 지역 군벌과 비슷할 정도로 막강했다.

그런 병력이 지금 르카쩌시로 향하고 있다는 말에 수

호는 긴장하였다.

자신들이 티베트에 들어오자마자 중국의 중대 병력이 움직인 것에 수상함을 느낀 것이다.

수호는 일단 슬레인이 상황을 분석하기를 기다렸다.

짧은 시간이 흐른 뒤, 슬레인이 입을 열었다.

[미국의 지원을 받던 조직이 발각이 된 것 같습니다.]

수호는 그제야 안심했다.

슬레인이 경찰 병력의 통신을 해킹하고 얻은 정보를 토대로 내린 판단인 만큼 정확할 것이다.

아마도 어제 오전에 조우한 집단의 정보가 어떤 이유에서인지 중국군, 또는 티베트에 주둔하고 있는 무장 경찰에 들어간 것 같았다.

아마 해당 집단의 목적은 르카쩌시에 침입해 무장봉기를 일으키는 것이겠지.

이에 중국의 무장 경찰은 한 개 중대 병력을 르카쩌시에 파견하여, 무장 독립 세력을 일망타진할 계획을 세우고 그곳으로 달려가는 중이었다.

"잠시 들어야 할 소식이 하나 있습니다."

수호는 바로 티베트 독립군 지휘관인 라오칸을 불러 조금 전 들어온 정보를 이야기해 주었다.

"아니, 대체 어떻게 아신 겁니까?"

"저희를 지원하는 곳은 상당한 조직력을 가진 곳으로

인공위성을 통해 일대를 주시하고 있었습니다."

"흠."

"어떻게 하시겠습니까? 르카쩌시에 있는 세력을 구출하실 겁니까? 아니면 포기하시겠습니까?"

수호는 라오칸에게 선택을 맡겼다.

그런 수호의 질문에 라오칸은 순간적으로 고민하지 않을 수 없었다.

거리상으론 자신들이 구하러 간다고 해도 시간이 살짝 부족했기 때문이다.

그렇다고 위기에 처한 동지들을 포기할 수도 없었다.

자신과 파벌이 다르다고 같은 동포를 포기한다는 것은 있을 수 없는 일이다.

"도우러 가고는 싶습니다. 하지만 시간 안에 도착할 수 있을지 모르겠습니다. 자칫 절망적인 상황만 보고 돌아와야 할지도 모릅니다."

라오칸은 자신의 고민을 그대로 수호에게 토로했다.

"그럼 일단 파워 슈트를 착용하고 소수만 이동하는 것으로 합시다."

그의 고민을 해결해 주기로 마음먹은 수호는, 그의 동지를 구하기 위해 빠르게 지시를 내리기 시작했다.

30벌의 파워 슈트를 지급받은 티베트 독립군은 수호의 명령에 따라 빠르게 소형 전술 차량에 탑승하였다.

비록 보급받은 무기들을 모두 가져갈 수는 없지만, 그나마 전술 차량이 다수이기에 독립군은 물론이고, 무장도 확실하게 갖춰 출발할 수 있었다.

* * *

"반동들이 감히 대국의 뜻을 거스르려고 한다니. 이번 기회에 미개한 놈들에게 우리들의 힘을 확실하게 보여 줘라!"

중국 서부전구 예한 무장 경찰 일급 경사인 리카싱은 자신의 부하들을 향해 눈을 부라리며 소리쳤다.

예전의 티베트인들은 다른 자치구에 비해 유순한 편이라 관리하기 무척이나 쉬웠다.

하지만 어느 순간부터 신장 위구르 자치구에 버금갈 정도로 이들의 저항이 만만치 않게 변했다.

달라이라마의 비폭력주의에 입각해 독립운동도 폭력을 사용하지 않던 티베트인들이었다.

하지만 이제는 그런 말이 쏙 들어갈 정도로 이들이 무장봉기는 심심치 않게 발생을 하고, 그 과정에서 한족 사상자가 다수 발생하였다.

이에 중국 공안과 무장 경찰은 단호하게 조치를 취하며, 조금이라도 연루된 사람들은 사살하거나 강제수용

소로 보내 버렸다.

사실 티베트인이 이렇게 변한 건 전적으로 중국 정부의 잘못이었다.

중국 정부는 대륙을 지배하던 청나라를 부정하면서도 필요할 때만 그 정신을 계승했다 칭하며, 그 시절의 영토를 자국의 것이라 주장한다.

즉, 의무는 다하지 않으면서 권리만 챙기고 있기에 티베트인들이 불만을 느껴 독립을 여망하는 것이다.

이런 사정을 잘 알기에 중국 정부는 무장 병력과 무장 경찰을 티베트에 주둔시키며 한 민족을 탄압하는 중이다.

그런데도 티베트인들은 이에 굴하지 않고, 계속해서 독립하기 위해 무장봉기를 하고 있었다.

"정보원들로부터 르카쩌시에 있는 반동들이 봉기를 준비 중이란 정보가 들어왔다."

무장 경찰 중에서도 강경파에 속하는 리카싱 일등 경위는, 이번 기회에 대부분의 성인 남성들을 갖은 이유를 붙여서라도 사살하거나 강제수용소로 보낼 계획을 세웠다.

남자들이 없어지면 여자들밖에 남지 않으니, 그곳에 한족들을 대거 이주시킨다면 다시는 독립하겠다고 무장봉기를 하려는 반동분자가 나오지 않을 것이라 생각했기 때문이다.

이런 리카싱의 명령에 그의 부하들의 얼굴 표정이 기분 나쁜 미소를 지으며 변하기 시작했다.

리카싱이 작전을 나갈 때면 마치 중세시대처럼 약탈을 서슴지 않았다.

그 과정에서 지역 주민들은 재산을 빼앗기는 것은 물론이고, 여자들은 이들에 의해 강간을 당하며, 이를 반항하거나 막으려는 사람들은 가차 없이 죽어 나갔다.

리카싱의 상관들도 이런 상황을 알고 있지만, 리카싱의 성과가 상당하기에 이를 묵인하고 있었다.

그러다 보니 그의 만행은 멈출 줄 모르고 계속되고 있었다.

그리고 오늘 르카쩌시가 그의 타깃이 되었다.

"속도를 올려라!"

리카싱은 조금이라도 빠르게 르카쩌시로 가기 위해 속도를 높이며 부하들을 독려했다.

＊　　　＊　　　＊

위이이잉!

수호와 티베트 독립군을 태운 소형 전술 차량은 바람을 가르며 빠른 속도로 르카쩌시로 향했다.

한 가지 특이한 점은 달리는 차량에서 일반적인 엔진 소음이 들리지 않는다는 것이다.

SH중공업에서 개발한 소형 전술 차량은 일반적인 자동차 엔진이 아닌 전기모터로 구동되기 때문에 일반 차량에 비해 소음이 매우 적었다.

350마력에 해당되는 인휠 모터를 내장하고 있기에, 이들이 타고 있는 소형 전술 차량은 빠르게 달리면서도 진동이 적어 탑승자의 피로도를 줄여 주었다.

'대단한데!'

이중섭은 자신이 타고 있는 차량의 성능에 감탄하는 중이었다.

각종 무장을 달고 있으니 무척이나 든든해 보이면서도 완충장치가 얼마나 좋은지 산악 지대를 달리면서도 진동을 거의 느끼지 못했다.

이는 마치 명품 세단을 타고 있는 것마냥 편안했다.

─ 10분 뒤 르카쩌시로 들어섭니다.

스피커에서 목표에 곧 도착한다는 무전이 날아왔다.

이에 소형 전술 차량에 타고 있던 사람들은 자신의 복장과 무기를 점검했다.

이들은 파워 슈트 위에 방탄복과 전투 헬멧까지 착용

했다.

이들이 모든 장비를 착용하고 나자, 무척 중후한 느낌이 들었다.

마치 한국의 아미 타이거나, 미국의 랜드 워리어를 보는 것 같았다.

철컥! 철컥!

자신의 복장을 확인한 티베트 독립군은 마지막으로 자신에게 지급된 무기를 확인했다.

이들은 르카쩌시로 향한 중국 무장 경찰 중대 병력과 싸워야 하기 때문에 개인화기는 물론이고, 이번에 수호가 가져온 중기관총과 경기관총, 그리고 RPG—7를 들고 왔다.

휴대용 대전차 미사일과 휴대용 지대공 미사일은 이번엔 가져오지 않았다.

그도 그럴 것이, 무장 경찰에 경전차나 전투기가 있는 것이 아니니 굳이 그것들까지 들고 올 필요는 없었기 때문이다.

[10㎞ 전방에 중국 무장 경찰로 보이는 병력의 후미가 보입니다.]

늦은 출발에도 불구하고 SH중공업에서 개발한 소형 전술 차량의 성능이 뛰어난 덕에, 시간 내에 르카쩌시로 향하던 중국 무장 경찰 병력의 꼬리를 잡을 수 있었다.

티베트인들에게는 참으로 다행스러운 상황이 아닐 수 없었다.

'좋았어. 무장 경찰의 후미는 이들에게 맡기고, 우린 우회하여 저들의 옆구리를 친다.'

[알겠습니다. 그렇게 전하겠습니다.]

수호는 아직 르카쩌시로 들어가지 못한 중국 무장 경찰 병력을 상대로 양동작전을 펼치기로 결정했다.

이는 슬레인을 통해 빠르게 각 전술 차량에 전달이 되었다.

그리고 작전이 전파되자마자 수호는 차량을 멈추지 않고 바로 뛰어내려, 중국 무장 경찰의 우측으로 빠르게 침투했다.

수호가 그렇게 작전 지시와 함께 움직이자 수호를 따르던 SH시큐리티의 직원들도 똑같이 차량에서 뛰어내려 그 뒤를 따랐다.

이는 무척이나 위험한 행동이지만, 파워 슈트를 착용한 SH시큐리티 직원들은 마치 정지된 차량 위에서 내리듯 가볍게 뛰어내릴 뿐이었다.

그런 이들의 모습을 확인한 티베트 독립군들은 하나같이 이들의 능력에 감탄했다.

파워 슈트를 착용한 것은 알고 있지만, 한 번도 사용해 본 적이 없는 탓에 이런 묘기도 가볍게 펼칠 수 있는

지 모르기 때문이었다.

그리고 이런 놀람은 아레스에서 파견된 이중섭이나 김한구도 비슷했다.

아레스에서 훈련을 받을 때만 해도 자신들보다 뛰어난 사람은 없을 것이라 자신했다.

그만큼 아레스의 훈련이 힘들었기 때문이다.

그런데 그런 자신감을 무색하게 만드는 사람들을 보았으니 어떻겠는가.

이중섭과 김한구는 순간적으로 그 모습에 경각심이 일어났다.

그 둘은 수호와 SH시큐리티에 대해 정확한 정체를 알지 못한다.

그도 그럴 것이, 이들은 수호가 장군회에서도 감추고 싶은 히든카드였기 때문이다.

그래서 아무리 예하 수족이라 할 수 있는 아레스의 직원이라 해도 이들에 대한 정확한 정체를 알려 주지 않았다.

찰싹!

"딴 생각은 그만하고, 정신 차리자."

이중섭은 저 멀리로 사라지고 있는 수호와 SH시큐리티 직원들을 보다가 자신의 뺨을 찰싹 때리고는 작게 중얼거렸다.

현재 중요한 것은 멀어지는 수호와 그 일행들의 정체가 아닌, 조금 뒤 벌어질 중국 무장 경찰들과의 전투였다.

아무리 첨단 무기와 장비들을 갖추고 있다 한들 중국 무장 경찰의 병력은 자신들에 비해 몇 배나 많았다.

이에 반해 자신들의 전력은 저 멀리 사라진 10여 명과 자신들 32명이 전부다.

전차에 준하는 막강한 화력과 방어력을 가진 전술 차량이 일곱 대가 있고, 또한 적 장갑차량을 상대 가능한 RPG—7이 다수 있다고는 하지만 병력의 숫자에서 밀렸다.

그러니 조심, 또 조심해야만 했다.

적은 전력이 줄어들어도 충원이 가능하지만, 티베트 무장 독립군은 그럴 수 없기 때문에 한 명이라도 죽게 된다면 그 전력 손실이 이만저만이 아니게 된다.

그러니 조금 뒤 벌어질 전투를 위해 정신을 바짝 차려야만 했다.

"모두 조국을 위해 열심히 싸워라! 하지만 자신의 목숨, 그리고 전우의 목숨을 아껴라!"

이중섭은 전투가 벌어졌을 때, 절대로 대를 위해 소를 희생하라고 하지 않았다.

소가 모여 대를 이루는 것이기에 작전 중 어쩔 수 없

는 희생을 피하진 못하더라도 작전 전에는 철저히 계획을 세우고, 목숨을 아끼며 전투에 임하도록 훈련시켰다.

"알겠습니다. 자신의 목숨을 소중히, 동료의 목숨도."

이중섭의 선창에 티베트 독립군들도 같은 구호를 외치며 적들을 향해 돌격했다.

8. 대승

중공이 티베트를 침공하고 강제 병합을 하였을 때만 해도 세계 각국은 각자의 이득을 생각해 달라이라마의 성명을 애써 외면하였다.

달라이라마는 자유민주주의 진영에 자국의 독립을 도와 달라 부탁하지만, 눈앞의 이득 앞에서는 세계 평화라는 대원칙은 없는 것과 다름이 없었다.

하지만 중국의 경제가 급격히 성장하자, 세계 각국은 그들을 견제할 수단을 찾기 시작했다.

게다가 중국이 성장하며 군사력 또한 미국에 버금갈 정도로 커지는데, 사실 이는 소련을 견제하기 위한 서방세계의 수작 때문이었다.

이는 국경 문제로 전쟁까지 치른 소련과 중공이 첨예하게 대립하던 때라, 적의 적을 돕는다는 생각에 중공을 도와준 것이었다.

하지만 이는 너무도 잘못된 판단이었다.

친구가 아니라 또 다른 강대한 적을 만들어 낸 것이다.

그렇게 인구만 많고 낙후된, 하지만 잠재력만은 충분하던 중공은 급속한 산업화와 과학화를 이루면서 무섭게 성장하였다.

급기야 막대한 자본과 시장을 바탕으로 경제 붕괴로 무너진 소련을 대신해 G2로 자리 잡았다.

이때부터 중국은 과욕을 부리기 시작했다.

세계 최강 미국을 넘어서기 위해 중국은 제3세계는 물론이고, 낙후된 아프리카 국가들에 달러를 차관으로 빌려주며 대신 그 나라의 자원과 기반 시설을 점령했다.

이런 무서운 중국의 성장에 놀란 미국은 급히 동맹들과 긴밀한 협정을 맺어 중국 견제하기에 나섰다.

뿐만 아니라 그동안 무시한 분리 독립을 원하는 중국 안의 자치구에 대한 지원 사업을 몰래하기에 이르렀다.

이는 냉전 시절, 대립하던 소련을 견제할 때 너무도

잘 써먹은 방법이었다.

1979년, 소련이 아프가니스탄을 침공할 당시에 미국은 아프가니스탄 반군들에게 각종 무기와 전쟁 수행 물자를 지원했다.

이는 1979년~1989년까지 무려 10년간 이어졌는데, 사실상 이 때문에 소련이 붕괴된 것이나 다름없었다.

전쟁은 무기만으로 하는 것이 아닌, 경제력이 지원되어야 승리할 수 있다.

하지만 공산국가인 소련의 경우, 경제력보단 군사력에 치중한 상태였다.

그러다 보니 단기라면 모르겠지만, 장기간 전쟁을 수행하는 데에는 무리가 있었다.

결국 소련은 내부 경기가 불안정해지고, 속해 있던 연방 국가들이 분리 독립을 하기에 이르렀다.

미국은 이런 경험을 바탕으로 대 중국 분할 계획을 세웠다.

중국은 14억이 넘는, 지구상에 있는 국가 중에 가장 많은 인구를 보유하고 있다.

또한 국토의 크기도 9억 6천만 헥타르로 세계에서 네 번째로 넓은 영토를 가지고 있다.

게다가 자원도 풍부해 시간만 주어진다면, 미국을 압도할 수 있을 거라 판단될 정도로 잠재력이 풍부한 나라이다.

그러다 보니 미국은 점점 기어오르는 중국을 그냥 두고 볼 수가 없었다.

1차적으로 분리 독립을 원하는 티베트와 신장 위구르 지역의 무장 독립 세력을 지원하기로 하고 CIA와 특수 부대를 동원하여 무기와 물자를 보급했다.

하지만 티베트와 신장 위구르 지역은 아프가니스탄과 다르게 독립 세력을 지원하는데 애로 사항이 너무도 많았다.

때문에 그리 큰 성과를 보지 못하고 있었다.

*　　*　　*

CIA 중앙아시아 지역 담당인 그레이엄 크레이그는 심각한 표정으로 함께 파견되어 온 미 육군 델타 분견대 제2 팀장인 윌리엄 포스 대령을 쳐다보았다.

"우리가 온 것을 어떻게 알고 중국군이……."

"중국군이 아니라 무장 경찰 병력입니다."

"아니, 지금 그게 중요한가? 무장 경찰이든 중국군이든 현재 우리가 가지고 있는 무장으로는 그들을 막아낸다는 것은 불가능한 일이야."

델타 포스의 제2 팀장인 윌리엄 포스 대령은 자신의

말에 딴죽을 걸고 있는 그레이엄에게 소리쳤다.

델타 포스라는 별칭으로 더 잘 알려진 델타 분견대는 이름에서도 알 수 있듯 소수 정예로 이루어져 있는 특수부대다.

전력으로야 여단급을 가지고 있다고는 하지만 현재 이들이 가지고 있는 무장은 AKM—74와 SVDS 드라구노프 저격총, 그리고 RPG—7이 전부였다.

미군 특수부대이면서 이들이 러시아제 무장을 하고 있는 것은 혹시라도 포로로 붙잡혔을 때, 중국 정부에 혼란을 주기 위해서다.

그런데 적은 장갑차를 위시한 장갑 보병 수준의 중대 규모 부대였다.

현실적으로 싸움이 되지 않았다.

그레이엄도 사실 알고 있었다.

너무도 황당한 현실에 짜증을 다른 쪽에 풀고 있는 것임을 말이다.

"다른 동지들에게 연락했으니 시간만 끌어 주면 구원군이 올 것입니다."

두 사람의 험악한 대화를 듣고 있던 리쌍은 조심스럽게 이야기를 꺼냈다.

CIA요원인 그레이엄의 이야기를 듣고, 그는 급히 인근에 있는 다른 독립군 조직에 무전하였다.

중국군에게 조직이 노출이 되었는데, 마침 이곳에 미국에서 파견된 미군이 있으니 이들을 어떻게 해서든 중국군으로부터 살려야 한다는 취지로 말이다.

현재 티베트에서 무장 세력이 존재할 수 있는 것은 전적으로 미국의 도움이 있기 때문인데, 이곳에 파견된 미국인들이 혹시라도 전멸을 하게 된다면 미국이 어떻게 나올지 알 수가 없었다.

하지만 다른 무장 독립군에 지원 요청을 했다는 리쌍의 말에도 그레이엄이나 윌리엄 포스 대령의 표정은 풀리지 않았다.

그도 그럴 것이, 자신들의 지원을 받는 이들 조직도 겨우 소총과 RPG—7 정도가 무장의 전부다.

더욱이 병력의 숫자도 적었다.

티베트의 무장 조직들의 숫자는 많지만, 그 구성원의 수는 많아야 200명 정도가 전부다.

그렇다고 이들을 모두 하나의 조직으로 통합하는 것도 쉽지 않았다.

그렇게 하려면 넓은 부지가 필요한데, 그런 곳은 이미 중국군이나 중국의 무장 경찰 병력이 주둔을 하고 있기 때문이었다.

또한 그런 장소가 있다고 해도 중국 정부에 발각될 우려가 있었다.

그러다 보니 미국은 독립 세력을 순회하며 지원하고 있는 중이었다.

때문에 누구보다도 티베트 독립군의 실상을 잘 알고 있다고 자부하기에 리쌍의 말에도 어두운 표정을 필 수가 없었다.

심각한 표정으로 앞으로 다가올 전투에 대해 궁리를 하고 있을 때, 한 쪽에 놓인 무전기에서 통신이 날아왔다.

치직!

— 리쌍 대장! 여긴 라오칸이다.

'응? 라오칸 대장이 어쩐 일이지?'

리쌍은 느닷없이 날아온 동지의 무전에 눈을 동그랗게 뜨며 놀랐다.

한때 함께 중국에 맞서 투쟁했는데, 어느 순간부턴 뜻이 맞지 않아 각자 행동하고 있었다.

"라오칸 대장, 오랜만이오."

어찌 되었든 한시가 급한 상황이니 일단 무전에 답하였다.

— 그곳으로 중국의 무장 경찰 한 개 중대 병력이 가고 있으니 대비를 하시오. 조금만 버티면 우리가 지원을 갈 것이니 너무 무리하지 말고.

라오칸과의 무전 내용은 너무도 뜻밖이었다.

오랜만에 통신을 한 라오칸에게서 너무 뜻밖의 정보를 듣게 되자 리쌍은 물론이고, 곁에서 그의 무전을 듣던 그레이엄이나 윌리엄 포스 대령도 놀란 표정을 지었다.

자신들이야 본부로부터 정보를 받지만, 라오칸은 어떻게 그러한 정보를 알게 되었는지 궁금했기 때문이다.

더군다나 그런 중국의 무장 경찰에 대한 정보를 받았으면서도 어떻게 지원을 한 단 말인가?

혹시 기계화된 병력을 상대할 무장을 갖추고 있는 건가?

자신들 말고 어디서 그런 지원을 받은 건지 궁금해지는 순간이다.

"자네도 알다시피 지금 몰려오고 있는 중국군 측은 중화기와 장갑차가 있는데, 가능하겠나?"

리쌍은 무전을 받고 고개를 갸웃거리며 물었다.

장갑차량을 상대할 화기가 있는지 궁금해 물어보는 것이다.

— 우리도 외부 세력의 지원을 받아 충분한 화력을 갖췄으니 너무 무리하지 말게.

'아, 부처님의 도움이 틀림없다.'

라오칸의 무전을 들은 리쌍은 눈을 감으며 이 모든 것이 부처님의 가호라 생각하며, 조용히 속으로 기도를 드렸다.

'옴마니반메훔.'

*   *   *

"모두 준비해!"

수호는 르카쩌시로 접근하는 중국 무장 경찰 중대가 내려다보이는 언덕 위에서 소리쳤다.

그런 수호의 명령에 그와 함께 움직이는 SH시큐리티 지원들은 전투 조끼에 매달린 수류탄을 꺼냈다.

하지만 이들이 꺼낸 것은 일반 수류탄이 아닌, 특수 목적 수류탄이었다.

이 수류탄 또한 SH화학에서 개발한 것으로 내부에는 소형 발전기와 알루미늄 분말이 화약 대신 가득 들어 있다.

즉, 이 특수 목적 수류탄의 용도는 폭발로 인한 인마 살상이 아니라, 통신기기의 사용을 막는 것이다.

물론 SF 영화에 나오는 주변의 통신을 막는 EMP 폭탄과 같은 엄청난 것이 아닌, 위력이 약한 전파 방해 폭탄이었다.

5m 지름의 작은 반경 안에 있는 기기들만 망가지기 때문에 원하는 목적을 이루기 위해선 정확한 투척이 필

요한, 사용이 까다로운 폭탄이었다.

그리고 지금처럼 은밀한 작전을 위해선 무척이나 요긴한 물건이기도 했다.

"자신이 맡은 장갑차에 정확하게 투척하기 바란다."

눈앞에 표적이 다가오는 것이 보이자 수호는 빠르게 작전 명령을 하달했다.

얼마나 지났을까, 앞쪽에서 전투의 시작을 알리는 총소리가 울렸다.

르카쩌시 안에 있던 독립군들이 중국의 무장 경찰 병력과 전투를 시작한 것이다.

이에 맞춰 수호와 SH시큐리티 직원들은 바로 자신이 목표한 장갑차에 EMP 수류탄을 던졌다.

수류탄은 정확하게 장갑차의 상공 2m에서 터지며 안에 머금고 있던 알루미늄 분말을 비산시켰다.

그러자 수류탄 내부의 소형 발전기에서 전자기파가 발생하고 흩뿌려진 알루미늄을 타고 펴졌다.

겉으로는 장갑차가 푸른빛에 휩싸이는 것처럼 보였다.

쾅!

번쩍!

파스스스.

작은 폭발음과 섬광, 그리고 한순간 점멸한 푸른빛으

로 인해 장갑차 상부로 몸을 내놓고 있던 중국의 무장 경찰은 순간적으로 눈이 멀어 아무것도 보지 못했다.

"아악!"

섬광에 휩싸인 자들은 하나같이 자신의 눈을 비비며 비명을 질렀다.

그도 그럴 것이, 너무 강렬한 빛을 한 번에 받아들이다 보니 눈이 멀어 버린 것이었다.

이에 따라오는 고통도 무시할 수 없었고 말이다.

지휘하던 간부들이 이렇게 섬광으로 인한 화이트 아웃으로 고통스런 비명을 지르자, 전투에 돌입하려던 중국의 무장 경찰들은 일순간 공황 상태에 빠져 버렸다.

중국 무장 경찰들의 불행은 이것만이 아니었다.

EMP 수류탄을 투척하고 전투에 돌입한 수호와 SH시큐리티 직원들이 혼란에 빠진 무장 경찰들을 그냥 두지 않은 것이다.

그들은 신분을 숨기기 위해 바이저까지 굳게 눌러쓰고 전투를 벌였다.

탕! 탕탕!

수호와 SH시큐리티 직원들은 빠르게 움직이며 앞에 보이는 족족 무장 경찰들을 쓰러뜨렸다.

그렇게 수호와 일행들이 엄청난 활약을 보이고 있을 때, 무장 경찰들의 꼬리를 물은 라오칸과 티베트 독립군들이 넓게 산개하여 자리 잡고 전투를 벌이기 시작했다.

이들은 아레스에서 파견된 교관들에게 배운 대로 공격했다.

자신들이 타고 온 전술 차량을 방패 삼아 장갑차에서 내린 중국의 무장 경찰들을 상대로 중기관총과 경기관총을 쏘았다.

그러고는 수호에게서 받은 RPG—7를 쏘기 위해 준비하였다.

하지만 이들은 끝내 RPG—7를 쏘지 못했다.

그도 그럴 것이, 기습을 받은 중국 무장 경찰들이 제대로 저항을 하지 못하며 곳곳에서 손을 들고 항복을 외쳤기 때문이다.

이러한 모습을 지켜본 이중섭은 급히 지시를 내려 RPG—7의 사용을 중단했다.

굳이 중요한 물자를 이곳에서 낭비할 필요가 없다는 판단에서다.

이런 이중섭의 명령에 처음에는 의아하게 생각하던 라오칸도 침착하게 전장을 둘러본 뒤 그의 판단이 적절하다고 생각했다.

한편, 르카쩌시에서 라오칸의 지원 무전을 들은 리쌍과 그레이엄, 그리고 윌리엄 포스 대령은 너무도 쉽게 쓰러지는 중국 무장 경찰 중대를 보며 고개를 갸웃거렸다.

지금쯤이면 도착해야 할 중국의 장갑차량이 저 멀리서 움직이지 않고 있으며, 또한 장갑차 위에 달린 기관총도 작동하지 않고 있었기 때문이다.

이들이 이렇게 의문을 가지는 중에도 전투는 계속 되었다.

하지만 어찌 된 일인지 중국 쪽의 저항이 빠르게 사라져만 갔다.

'어?'

너무도 빠르게 약해지는 중국군에게 의문을 느끼던 윌리엄 포스 대령의 눈에 이상한 모습이 포착이 되었다.

총알이 빗발치는 전장 한가운데 일단의 인영들이 빠르게 전장을 휘젓는 모습을 목격한 것이다.

'누구지?'

비록 정확한 형상는 보이지 않았지만, 분명 그것은 인간의 형태를 띠고 있었다.

그렇게 윌리엄 포스 대령이 의문을 품고 그것에 집중을 하고 있자, 어느 순간부터 전장에 총소리가 멈춰 있었다.

전투가 끝난 것이다.

르카쩌시의 전투는 생각보다 싱겁게 끝이 났다.

원래라면 중국의 무장 경찰 한 개 중대의 공격을 받고 르카쩌시에 숨어 있던 티베트 독립군 조직이 일망타진 되었어야 했다.

하지만 중간에 끼어든 수호와 그의 일행들로 인해 아무런 피해 없이, 도리어 중국의 무장 경찰들의 다수를 포로로 잡는 성과를 이루었다.

그뿐만 아니라 부족하던 전투 물자를 얻는 소득까지 올릴 수 있었다.

"난 CIA 중앙아시아 담당 그레이엄 크레이그라 합니다."

그레이엄은 놀란 눈을 띈 채 자신을 소개했다.

"윌리엄 포스요."

전투 중, 혁혁한 활약을 하는 것을 두 눈으로 지켜보았기에, 그레이엄과 윌리엄 포스 대령은 기꺼이 자신을 숙이며 조심스럽게 이야기를 걸었다.

하지만 상대는 전혀 얼굴을 보이지 않았다.

"프르그슈탈이라 한다."

정체를 숨기기 위해 수호와 SH시큐리티의 직원들은

전원 바이저를 내린 채 그들과 마주했다.

수호는 자신을 프르그슈탈이라 지칭했다.

이는 필리핀에서 조난을 당했을 때, 그를 구해 준 외계인의 이름이다.

하지만 지금은 자신의 신분을 숨기기 위한 가명에 불과했다.

또한 억양으로 출신 나라나 생활 배경 등을 유추할 수도 있다는 판단에, 기계음으로 목소리를 변조하여 스피커를 통해 말하였다.

그런 수호의 대답에 그레이엄이나 윌러엄 포스 대령은 살짝 미간을 찌푸렸다.

그도 그럴 것이, 상대가 끝까지 정체를 숨기려 한다는 것을 느꼈기 때문이다.

'무엇 때문에 이렇게까지 하는 거지?'

자신들은 위험을 감수하고 정체를 밝혔는데 상대가 반응을 보이지 않자, 살짝 불안감이 들었다.

그렇지만 그것을 가지고 뭐라 할 수는 없는 일이었다.

어쨌거나 앞에 있는 사람들은 자신들의 생명을 구해 준 은인이고, 또 조국에 누를 끼칠 수 있는 상황을 해결해 준 사람이기도 했다.

"여기들 계셨군요."

전투의 마무리를 하고 수호 일행을 찾던 라오칸이 다가와 대화에 끼어들었다.

"노획한 장비는 이곳 독립군과 나누는 것이 좋을 것이오."

수호는 라오칸의 어깨를 살짝 두드리며 조언을 건넸다.

비록 이곳 르카쩌시의 조직이 별다른 활약을 하진 않았지만, 티베트의 독립을 위해 중국 정부와 싸우고 있는 것은 마찬가지기 때문이다.

그런 수호의 이야기에 라오칸은 잠시 그레이엄과 윌리엄 포스 대령을 쳐다보고는 고개를 돌려 고개를 끄덕였다.

"알겠습니다."

전투가 끝난 뒤, 정체를 숨기기 위해 자신에게까지 얼굴을 보여 주지 않는 것을 보며, 라오칸은 무언가 깨달았다.

지금까지 자신들을 지원해 준 이들이 미국이 아니었다는 것을 말이다.

사실 라오칸도 어느 정도 짐작은 하고 있었다.

처음 동북아시아인 두 명이 와서 중국에서의 독립을 돕겠다고 할 때부터 의심을 하긴 했다.

그렇게 자신들에게 접근한 사람들이 이들만은 아니었기 때문이다.

그리고 그중에는 중국의 스파이도 포함되어 있었다.

하지만 자신들은 한국인 용병이며, 돈을 받고 자신들의 교육을 도우러 온 것이라 하자, 그 의심이 조금 사라지는 것을 느꼈다.

그도 그럴 것이, 한국인 중에 중국 정부를 좋아하는 사람은 많지 않다는 것을 그 또한 알고 있었기 때문이다.

물론 아닐 수도 있지만, 밑져야 본전이라고 일단 이들의 말을 믿어 보기로 하고 교육을 받았다.

그렇게 어느 정도 신뢰가 쌓이자, 그들은 자신들에게 새로운 제안을 건넸다.

아프리카에서 실전을 겪으며 자신을 시험하고, 그곳에서 중화기의 사용 방법을 익히자고 말이다.

그땐 솔직히 반신반의하였다.

하지만 고민 끝에 자신들을 속일지라도 한번 따라가 보기로 하고, 두 사람과 아프리카까지 다녀왔다.

그 때문에 무려 1년가량을 아프리카에서 보내야만 했다.

아프리카는 정말이지 지옥 같았다.

물론 조국에서 중국군과 전투를 벌이는 것도 쉽진 않았다.

하지만 아프리카에서의 생활은 그보다 더하면 더하

지, 결코 덜하지는 않았다.

중국에 점령되어 박해를 받고 있다 한들, 티베트는 아프리카보다 천국이었다.

쉴 수 있는 집이 있고, 지천에 먹을 것이 있다.

하지만 아프리카는 아니었다.

모든 것이 낯설고, 많은 것이 부족했다.

또한 테러 조직이나 반군이 너무도 많았다.

그들은 수시로 캠프를 공격해 왔다.

그렇게 하루도 빠짐없이 전투를 벌이며 전사가 되어 돌아왔다.

이런 일들을 겪으며 자신들을 가르친 이중섭과 김한구에 대한 신뢰가 생겼다.

그러니 그들을 보낸 수호에 대한 믿음도 눈앞에 보이는 미국인들에 비해 훨씬 컸다.

그렇기에 수호가 그들에게 정체를 숨기려 하는 것을 눈치채고 모르는 척을 해 주었다.

'상부에 보고를 해야겠군.'

윌리엄 포스나 그레이엄 크레이그는 각각 자신들의 상관에 어떻게 보고할지 고민에 빠졌다.

그도 그럴 것이, 정체를 알 수 없는 조직이 자신들의 작전에 끼어든 것을 포착했기 때문이다.

지금이야 도움을 받은 상황이지만, 정체를 알 수 없

다는 것은 앞을 예측할 수 없다는 것과 마찬가지였다.

미국의 입장에서 변수는 어떤 경우에든 원하지 않는 일이었다.

가급적 변수를 줄이고 자신들이 예측 가능한 미래를 만드는 것이 그들의 일이었다.

그러니 아무리 고마워도 눈앞에 정체를 알 수 없는 이에 대한 추적을 하지 않을 순 없었다.

윌리엄 포스와 그레이엄 크레이그 두 사람이 그런 생각 때문에 괴로워하고 있을 때, 수호도 슬레인에게 일대를 주시하는 인공위성의 기록을 지우라는 명령을 내리고 있었다.

'슬레인, 아마도 저 두 미국인은 우리에 대한 보고를 할 테니 당분간 이 지역에 대한 정보를 숨겨.'

[알겠습니다. 바로 실행하겠습니다.]

마스터인 수호의 명령이 떨어지기 무섭게 슬레인은 이곳의 상공을 지나고 있는 인공위성의 관측을 통제하기 시작했다.

이미 인공지능을 이용해 전 세계의 데이터 통신 네트워크를 속속들이 알고 있기에, 비록 폐쇄 회로를 이용하는 인공위성 통제 시스템이라고 해도 스파이웨어를 심어 놓은 상태다.

인공위성 통제 센터는 폐쇄적이어야 하지만, 꼭 어디

에나 규정을 위반하는 사람은 있었다.

또한 그런 사람들은 스스로를 고위층이라 생각하는 사람들이 많았다.

슬레인은 가능성이 있는 이들의 휴대폰에 모두 스파이웨어를 심어 놓고 기회를 노리다, 기회가 생기자마자 각국의 위성 통제 센터에 자신만의 백도어를 심어 놓았다.

그리고 그것을 지금 사용하는 중이었다.

저벅! 저벅!

수호가 딩제호에 구축한 캠프로 돌아가려고 하자 라오칸은 얼른 수호에게 다가왔다.

자신들의 훈련을 시켜 주고, 또 막대한 원조뿐만 아니라 특수 장비까지 보급해 준 것에 대한 감사 인사를 다하지 못했기 때문이다.

더욱이 오늘은 위기에 처한 자신의 동포를 구해 주지 않았는가.

그러니 그것에 대한 고마움을 표해야만 했다.

하지만 수호는 그런 공치사를 듣기 위해 한 일이 아니었다.

이들을 돕는 것이 자신의 조국에 도움이 되기에 일을 벌였을 뿐이다.

"오늘, 정말로 고마웠습니다."

"아닙니다. 이 일은 제게도 도움이 되는 것이기에 할 뿐입니다."

수호는 라오칸의 호의를 쉽게 받아들이지 않았다.

그러면서도 당부의 말은 잊지 않았다.

"다른 무기들은 다른 독립군들과 공유해도 되지만, 파워 슈트와 이 전술 차량만은 절대로 안 됩니다. 이것만은 꼭 지켜 주셔야 합니다."

아직도 감사한 마음을 전하고 있는 라오칸에게 수호는 단호하게 말했다.

"알겠습니다. 파워 슈트는 제 부하들에게 보급하는 것도 부족한 상태이고, 또 이것을 충전하기 위한 저 전술 차량이란 것도 다른 조직과 공유할 순 없겠지요."

라오칸도 무엇을 걱정하는지 알겠다는 듯 수호에게 대답하였다.

"제가 이렇게 하는 말을 너무 고깝게 생각하지 마십시오. 제가 이런 것들을 공유하지 못하는 이유는 저기 있는 미국인들 때문입니다."

"미국인들이요?"

"네. 미국인들이 만약 파워 슈트와 전술 차량에 대한 정보를 알게 된다면 분명 그것들을 가지려 할 것입니다."

"음."

수호의 이야기를 들은 라오칸은 작게 신음을 흘렸다.

그가 생각해 봐도 조금 전 수호의 이야기가 맞을 것 같다고 판단되었기 때문이다.

해발 2,000m가 넘는 이곳에서 빠르게 움직이면서도 전혀 숨이 차지 않으며, 평소의 몇 배에 해당하는 힘을 발휘하기도 하는 파워 슈트는 없어선 안 될 엄청난 장비였다.

또 중국의 기갑 장비들과 다르게 이들이 보급한 전술 차량이란 것은 그렇게 많은 병력을 태우고도 엄청난 속도로 산악 지대를 어떤 불편함도 없이 달렸다.

만약 자신들이 사용하던 트럭이나 노새를 사용했다면, 중국의 무장 경찰 중대가 르카쩌시에 있던 동포들을 모두 죽인 뒤에도 도착하지 못할 것이다.

그런데 이 전술 차량이란 것은 소음도 없고, 산악 지형을 자유자재로 타파하는 것이 기습 작전에 너무도 유리해 보였다.

뿐만 아니라 그 위에 장착한 중기관총이나 각종 휴대용 미사일 등은 중국군의 전차나 전투기를 전혀 두려워할 필요가 없게 만들어 주었다.

그러니 당연하게도 자신의 조직에서만 사용하는 것마저 부족하다 느끼고 있었다.

라오칸은 이런 무기를 다른 독립군 조직과 나눈다는

걸 전혀 생각하지 않았다.

더욱이 조금 전 수호가 우려하는 것처럼 리쌍의 조직이라면 더 많은 원조를 바라며, 그것들을 미군에 넘길 수도 있다고 판단했다.

자신도 만약 그런 기회가 생기면 그럴 수도 있겠다고 생각했기 때문이다.

하지만 직접 사용한 파워 슈트나 전술 차량은 미국이 어떤 원조를 하더라도 바꾸고 싶지 않았다.

사실 이런 것도 수호가 사전에 계획한 바였다.

적정 수량이 모일 때, 파워 슈트나 전술 차량의 효과가 극대화된다.

하지만 수량이 적다면 그 효과는 생각보다 크지 않았다.

그 경우에는 있으면 도움이 되지만 가격 대비 효과는 많이 떨어지기에 수호는 이를 주지시켰다.

그리고 라오칸은 그런 수호의 조언에 고개를 끄덕여 보였다.

자신들이 아직은 파워 슈트라는 신무기에 대한 전술적 숙련도가 떨어져 적정 수량이 있어야 한다고 인지했다.

그래서 지금 무엇을 말하고 있는지도 잘 알고 있었다.

"그러면 차라리 이번에 중국 무장 경찰들에게 노획한 장비들을 리쌍 조직에게 넘기면 다른 소리를 못하겠군요."

라오칸은 혹시라도 자신들이 가진 장비에 대해 욕심을 부릴지도 모르는 리쌍의 관심을 일절 차단하기 위하여, 중국 무장 경찰들에게서 노획한 대부분의 물자들을 넘기겠다고 이야기하였다.

"아닙니다. 만약 그렇게 되면 더욱 의심을 사게 될 수도 있습니다."

수호는 얼른 그의 말을 막았다.

"라오칸 대장이 노획한 것이나 마찬가지인 장비들을 모두 저들에게 넘기게 되면 괜한 오해를 불러일으킬 수도 있습니다. 그러니 반반으로 나누는 것이 가장 좋을 것입니다."

많은 것을 양보하게 되면 상대는 도리어 엉뚱한 생각을 하기 마련이다.

그럴 일은 사전에 하지 않는 것이 가장 좋았다.

그러기 위해선 노획한 장비를 반반으로 나누는 것이 가장 좋다고 판단했다.

더욱이 르카쩌시의 조직은 이번 무장 경찰들과의 전투에서 별다른 활약을 보이지 못했다.

그러니 너무 과한 친절을 베풀 필요도 없었다.

절반에 달하는 장비만 저들에게 나눠 주어도 저들은 고마워할 것이 분명했다.

리쌍은 그동안 자신들에게 있는 중화기라고는 미군이 제2차 세계 대전 당시 사용하던 4.2인치 박격포가 전부였다.

물론 산악 지형인 티베트에선 이보다 좋은 중화기가 없지만, 그래도 중국군이 사용하는 전차나 장갑차를 상대로 효과적인 무기라 할 수는 없었다.

때문에 매번 중국군이 사용하는 장갑차 같은 중장비가 무척이나 고팠다.

그런 상황에 자신을 도와준 라오칸 대장이 가려운 곳을 긁어 주니, 고맙기 그지없었다.

*　　　*　　　*

"아니, 그냥 가시는 것입니까?"

언제 다가왔는지 르카쩌시의 독립군 조직의 대장인 리쌍이 다가와 묻고 있었다.

끄덕.

수호는 조용히 고개를 숙이며 질문에 답하였다.

최대한 말을 하지 않는 것이 정체를 숨기는 데 큰 도움이 되기에 때문이다.

"조금 뒤에 대승을 축하하기 위해 잔치가 벌어지는데, 그것만 참여 하고 가시는 게 어떠십니까?"

리쌍은 사실 오랜만에 거둔 대승을 축하하기 위해 잔치에 주역이 빠지는 것 같아 못내 아쉬웠다.

이번 잔치에서 그들과 친해지고 많은 이야기를 나눠보고 싶었기 때문이다.

"우린 이곳뿐만 아니라, 다른 곳도 지원하기 위해 떠나야 합니다."

수호는 자신들을 초대하는 리쌍에게 정중히 거절의 뜻을 전했다.

실제로 티베트만이 중국으로부터 독립을 원하는 것은 아니다.

티베트만큼이나 신장 위구르 지역의 사람들도 독립을 여망했다.

그러니 중국군이 몰려오기 전 빠르게 북상하여 그들에게도 가져온 보급품을 가져다주어야만 했다.

더욱이 중국 정부의 신장 위구르인들에 대한 박해는 이곳 티베트보다 더하면 더하지 절대 못하진 않았다.

더군다나 티베트는 종파는 달라도 불교를 믿는 나라이기에 중국 정부의 종교에 대한 박해가 그리 심하지는 않았다.

그런데 신장 위구르 지역은 이슬람교를 믿는 사람이

대다수를 차지했다.

중국은 암묵적으로 불교에 대해선 크게 뭐라 하지 않지만, 원칙적으론 종교를 인정하지 않는 국가다.

때문에 이슬람교나 기독교에 대한 차별은 매우 심한 수준이었다.

특히나 이슬람교에 대한 탄압 수준은 이루 말을 할 수가 없었다.

심지어 중동의 테러 조직에서 중국을 공격하는 것을 천명으로 삼을 정도이니 말이다.

수호는 자신만 기다리는 아레스의 직원을 위해서라도 하루빨리 신장 위구르 자치구로 이동해야 했다.

9. 라다크의 한중 대리전

티베트 르카쩌시에서의 전투 결과가 티베트 공산당에 알려지면서 중국은 큰 혼란에 빠졌다.

그도 그럴 것이, 겨우 민병대 수준의 군대와 불법 카피한 AK—47 정도만 가지고 있는 티베트의 독립 세력에 의해, 무려 준군사조직이나 다름이 없는 무장 경찰한 개 중대 병력이 포로가 되었다.

이런 소식을 전해 들은 티베트 자치구 정부의 공산당 서기는 이 사실을 어떻게 중앙당에 보고해야 할지 막막하기만 했다.

이번 일이 잘못 흘러가면 자칫 자신이 숙청될 수도

있었기 때문이다.

이런 고민을 하는 사람은 비단 그뿐만이 아니었다.

티베트 자치구에 주둔하고 있는 무장 경찰 총장 또한 그와 비슷한 마음이었다.

티베트 반군(독립군)에게 패배한 이상, 어떻게 훈련을 시킨 거냐는 질책을 피해갈 순 없었기 때문이다.

"총장, 이 사태를 어떻게 할 것인가?"

티베트 자치주 당서기인 우레이레이는 무장 경찰 총장을 노려보며 소리쳤다.

그런 당서기의 서슬 퍼런 눈빛 앞에 지랑궈 총장은 긴장된 모습으로 몸을 움츠리고 있었다.

"다시 한번 기회를 주십시오. 이번에는 두 개 중대를 투입하여 확실하게 반군들을 쓸어버리겠습니다."

이대로 가다가는 자신의 목숨을 보전하기 힘들 것이라 판단한 지랑궈 총장은 오히려 판을 키워야 한다고 생각했다.

공을 세운다면 이번 실책을 무마할 수 있을 것이라 생각했기 때문이다.

"그만! 당신은 그냥 치안이나 담당하시오. 이번 일은 우리 군이 나설 것이오."

조용히 두 사람의 대화를 듣던 쩡다이칭 상장이 갑자기 호통쳤다.

직위로야 이곳 티베트 자치구의 당 서기가 최고로 높지만 중국은 당 서기라도 군 앞에서는 함부로 하지 못했다.

그도 그럴 것이, 중국은 군에서의 권력을 가장 중요하게 치기 때문이다.

우레이레이 티베트 자치주 당서기가 분명 쩡다이청 상장에 비해 계급상 서열이 높기는 하지만, 가지고 있는 권력은 그렇지가 못했다.

쩡다이청은 실권이라 할 수 있는 병력을 보유했지만, 우레이레이가 가진 것이라고는 공안의 무력 정도에 불과하기 때문이다.

또한 77 집단군의 상장인 쩡다이정의 배경은 우레이레이가 속한 파벌보다 거대한 공청단 소속이다.

때문에 태자당의 언저리에 속하는 우레이레이는 더욱이 이번 일로 인해 약점을 잡힌 것이고, 그러다 보니 절대 반박할 수가 없었다.

이런 사실을 누구보다 잘 알기에 쩡다이정 상장은 비릿한 미소를 지으며 한심하다는 듯 두 사람을 쳐다보았다.

당서기인 우레이레이나 무장 경찰 총장인 지랑궈의 입장에선 그 시선이 불쾌했지만 어쩔 도리가 없었다.

쩡다이정 상장은 티베트 당서기인 우레이레이와 지랑

귀 무장 경찰 총장을 압박해 기를 죽이는 한편, 이번 실수를 군이 만회를 함으로써 자신의 입지를 높이려고 하였다.

*　　　*　　　*

중국 서부전구가 티베트 자치구에서 벌어진 사건으로 인해 대규모 작전을 준비하고 있을 때, 중국 무장 경찰 한 개 중대와의 전투에서 대승을 거둔 수호는 히말라야 산맥의 지류를 타고 한창 인도와 국경분쟁을 벌이고 있는 라다크 지역으로 접어들고 있었다.

신장 위구르 자치구에서 활약 중인 아레스의 훈련 교관 박준구와 최대한과는 이미 만나 가지고 온 보급 물자를 넘긴 상태였다.

수호와 그 일행들이 티베트 독립군과 협력하여 중국 무장 경찰 한 개 중대와 전투를 벌인지도 무려 일주일이 지났다.

하지만 그때까지도 티베트나 신장 위구르 자치구와 맞대고 있는 인도, 파키스탄 그리고 아프가니스탄이나, 타지키스탄 등의 국경에 대한 경계 수위는 변함이 없었다.

이것만 보면 중국군은 겉으로는 세계 최강인 미군에

견줄 수 있을 것 같이 보이지만, 내부를 들여다보면 세계 3위인 러시아에도 비비지 못할 정도로 군기가 형편 없었다.

[중국군은 생각보다 허술한 점이 많은 것 같습니다.]

슬레인은 뭔가 생각에 잠겨 있는 수호에게 은근하게 말을 걸었다.

'전투에 패배한 장수는 용서할 수 있지만, 경계에 실패한 장수는 용서할 수 없다'라는 말은 군을 경험한 사람이라면 누구나 들어봤을 것이다.

이는 군에서 경계에 대해 얼마나 중요하게 생각하고 있는지 여실히 보여 주는 말이기도 했다.

실제로 이를 소홀이 여겨 제대로 싸워 보지도 못하고 전투에 패배한 장군은 세계 어느 나라에나 있었다.

그렇기 때문에 훈련소에 입소를 하는 훈련병 때부터 교관들은 끊임없이 경계 업무를 강조한다.

그런데 이번 중국행을 하는 동안 수호는 그들이 얼마나 허술한지, 또 허점이 얼마나 많은지 볼 수 있었다.

물론 여러 방면에서 중국이 알려진 것만큼 대단하고 무서운 국가가 아니란 것은 이미 어느 정도 알고 있지만, 나라를 지키는 국경 근처의 부대들까지 이렇게 군기가 문란할 줄은 상상도 못 했다.

'그러게. 정말 상상 그 이상이네.'

슬레인의 말에 수호도 동의했다.

이번 티베트와 신장 위구르 자치구를 순회하면서 수호는 많은 것을 깨달았다.

G2로 불리는 중국이 생각하던 것만큼 두려운 존재가 아니고, 빈틈 또한 많다는 것을 알게 되었다.

게다가 중국에서 경계해야 하는 것은 많은 수의 중국인과 아직 대한민국에는 없는 핵무기뿐이란 사실도 알게 되었다.

만약 이 중 중국이 보유한 핵무기만 막아 낼 수 있다면, 더 이상 그들을 두려워할 필요가 없었다.

그리고 이는 조만간 해결될 예정이다.

현재 대한민국 군이 계획하고 또 장군회의 의뢰로 진행 중인 KMD만 완료되면 중국 핵무기에 대한 공포는 한국에 통용되지 않는다.

대한민국은 새롭게 미사일 방어 체계를 구축하고 있었다.

이는 기존의 미사일로 미사일을 막는 방식이 아닌, 다층으로 구성된 기존 체계에 레이저 무기를 추가해 중고도와 고고도로 나눠 요격하는 시스템을 만들었다.

다만, 현재 완료된 것은 중고도 요격 시스템까지였다.

그도 그럴 것이, 고고도 전용 레이저 무기가 아직 개발이 완료되지 못했기 때문이다.

아직은 조금 더 시간이 필요했다.

하지만 수호는 생각과 보완을 멈추지 않았다.

고고도 요격 체계에 필요한 고출력 레이저의 개발되기까지 대안을 구상한 것이다.

수호는 현재 군에서 개발 중인 전열 화학 포나 자신이 개발한 230㎜ 초장거리 포라면 충분히 가능하다 생각했다.

이는 미국이 운용 중인 AC—130 스펙터에서 생각해 낸 아이디어였다.

AC—130과 같은 건십의 개념은 무려 제2차 세계 대전으로 거슬러 올라간다.

전쟁 후기, 놀고 있는 수송기에 기관총이나 소구경 야포를 달아 공중에서 지상 표적에 공격을 하자는 개념이 나왔지만, 실제로 현장에 투입되지는 않았다.

더욱이 전쟁의 상황이 이미 연합군에 유리하게 돌아가는 상황이라 건십의 사용은 점점 더 뒤로 미루어졌다.

그러다 베트남 전쟁이 발발하고 나서야 본격적으로 수송기를 이용한 건십으로써의 활약이 가능했다.

우거진 정글 속에 숨어 있는 베트콩을 공격하기 위한 수단이 많지 않던 때, 건십을 이용한 근접지원은 신출 귀몰한 베트콩에게 새로운 지옥을 선사했다.

번번이 당하던 미군 사령부에게는 가까스로 얻은 희망과도 같았다.

정글에 숨어서 공격하는 베트콩을 공중에서 화력지원을 한다면 베트콩과 싸워 볼 만한 것이다.

그래서 당시 사용하던 수송기 중 C—47 스카이 트레인을 건십으로 개조하여 이를 AC—47 스푸키라 명명하고 활용했다.

스푸키는 7.62㎜ 미니건을 측면에 세 기 거치하여 사용했는데, 이무기가 기대한 것보다 혁혁한 공을 세운 것이다.

하지만 시간이 지나면서 7.62㎜ 미니건의 화력은 한계를 맞고, 미군은 보다 강력한 화력지원 기체의 필요성을 느끼게 되었다.

그로 인해 이 건십은 보다 큰 수송기인 C—119, 그리고 또 지금의 C—130 수송기를 개량하여 AC—130에 이르렀다.

AC—130은 초기 건십이 소구경의 미니건만 탑재하던 것에서 탈피하여, 30㎜ 기관포, 105㎜ 곡사포 그리고 공대지 미사일과 유도폭탄까지 장착하기에 이르렀다.

수호는 여기서 아이디어를 얻어 레이저 무기의 개발이 완료되기 전까진, 탄속이 극초음속(마하 5 이상)의

탄체를 쏠 수 있는 대구경 포를 사용할 생각이었다.

다만, 탄도탄을 요격해야 하는 고고도에선 그리 많은 기회가 주어지지 않을 것이다.

아무리 극초음속의 탄체를 쏘아내는 최신형 화포라 해도 탄도탄의 속도는 그것을 초과하기 때문이다.

다행히 수호와 슬레인이 개발한 미사일 탐지 레이더의 성능은 세상에 알려진 그 어떤 것보다 월등한 성능을 지니고 있기에 안심할 수 있었다.

물론 이런 모든 것은 대한민국이 전쟁이 휩싸일 때를 상정한 가상 시나리오일 뿐이다.

현대는 전쟁은 그리 쉽게 일어나지 않는다.

그도 그럴 것이, 현대의 전쟁은 국가대 국가의 구조를 띄고 있지 않기 때문이다.

각 나라들은 각자의 이익에 따라 얼기설기 엮긴 동맹, 또는 연합을 하며 엉켜 있기에, 전쟁을 벌이기 전에 고려해야 할 사항이 너무도 많았다.

그러니 지금 단계에선 대한민국의 전쟁 시나리오는 그저 공상에 불과할 뿐이었다.

물론 지금 수호가 벌이고 있는 일을 중국 정부가 눈치챘다면 어찌 될지 모르겠지만, 아직까지 중국 정부는 아무것도 알지 못했다.

설사 그런 일이 일어나더라도 한국 정부가 이를 부인

한다면, 확실하게 대한민국을 굴복시킬 수 있다는 판단을 하기 전까진 전쟁을 일으키지 못할 것이다.

그러니 대한민국이 MD 체계를 완성하기까지는 시간이 충분했다.

[이 정도라면 굳이 마스터께서 나서지 않아도 충분할 것 같은데요.]

너무도 허술한 중국군의 경계 태세를 보며, 슬레인은 굳이 수호가 나서서 독립군들을 지원하지 않아도 언젠가 그들이 원하는 바를 이룰 수 있을 거라 생각했다.

그런 슬레인의 의견에 수호는 빙그레 미소를 지으며 대답하였다.

'물론 그럴 수도 있겠지. 하지만 어디로 튈지 모르는 중국 정부의 행보를 그냥 두고 볼 순 없잖아. 그동안 우리나라가 겪을 고통도 있고 말이야.'

[아, 그렇군요. 미얀마 내전만 봐도……]

2021년 2월에 발생한 미얀마 군부 쿠데타는 몇 해가 지났지만, 현재까지도 진정되지 않고 있다.

처음 군부 쿠데타가 일어났을 때만 하더라도 성공하는 듯했다.

그도 그럴 것이, 민주화 항쟁을 하는 시민들을 향해 군부는 무차별적인 공격을 가했고, 이를 보는 국제사회는 어찌된 일인지 이에 침묵한 것이다.

그러다 보니 많은 사람들은 미얀마의 군부 쿠데타가

성공할 것으로 생각했다.

하지만 결과는 끔찍한 내전이었다.

군부 세력에 맞선 시민과 반군들, 그리고 군부 세력에서 떨어져 나온 군인들이 가세하면서 미얀마의 상황이 급변한 것이다.

바로 이때, 일본과 중국의 더러운 술수가 공개되었다.

UN의 상임이사국인 중국과 그 자리로 편입을 시도하는 일본 정부가 겉으로는 미얀마의 평화를 부르짖는 척하면서 뒤로는 쿠데타를 일으킨 군부에 무기와 물자, 그리고 군자금을 지원한 사실이 알려진 것이다.

그들은 끝까지 자신들과 연관 없는 일이라며 발뺌했다.

하지만 이미 모든 정보가 공개된 후라 그들의 말을 믿는 것은 자국의 국민 말고는 없었다.

'자충수를 둔 것이지.'

[맞습니다. 중국과 일본은 자승자박한 것입니다.]

말 그대로 미얀마 군부 쿠데타를 지원한 중국 정부와 일본은 늪에 빠진 것과 다름없었다.

그 일로 인해 국가 신용도가 많이 하락하고, 지금도 수출을 하는데 애로 사항이 많았다.

중국과 일본 정부는 이를 타파하기 위해 노력을 기울이고 있지만, 더 이상 두 나라를 믿어 주는 나라는 많지 않았다.

 '이웃인 일본이 정리되면, 제 분수를 모르고 날뛰는 중국에도 코뚜레를 채워야 할 거야.'

 현재 중국과 일본에서 진행되고 있는 일은 모두 자신이 살고 있는 대한민국을 위한 것이었다.

 그것이 비록 불법적이라 하더라도 수호에게는 꼭 성공해야만 하는 프로젝트다.

 부모님과 지인들의 안녕을 위해서라도 말이다.

 [어?]

 '왜? 무슨 일이야?'

 갑작스러운 반응을 보이는 슬레인에게 수호는 질문을 던졌다.

 슬레인이 놀라는 일은 그리 많지 않았기 때문이다.

 그러자 슬레인은 자신이 본 것을 보고했다.

 [지금 저희가 가고 있는 지역으로 중국군과 인도군이 몰려들고 있습니다.]

 '뭐, 그게 정말이야?'

 느닷없는 이야기에 수호 역시 놀랄 수밖에 없었다.

 [예. 아무래도 중국 측에서 인도군이 전력을 완벽하게 갖추기 전에 이곳을 점령하려는 것 같습니다. 어?]

 보고하던 슬레인은 다시 한번 탄성을 질렀다.

 '또 뭔데? 무슨 일이 벌어지고 있는 거야?'

[파키스탄에서도 병력을 출병시켰습니다. 아무래도 중국과 양동작전으로 인도를 압박하려는 것 같습니다.]

슬레인은 인공위성을 통해 자신이 본 것을 토대로 판단하여 수호에게 알려 주었다.

수호는 미간을 찌푸렸다.

상황이 인도에 매우 좋지 않게 흘러가고 있었기 때문이다.

물론 수호와 인도는 아무런 관계가 없다.

다만, 이 일로 인도가 중국과 파키스탄 연합에 밀려 라다크 지역을 빼앗기게 된다면, 중국에 좋게 작용할 것이다.

'뭔가 좋은 수가 없을까?'

수호는 중국이 이득을 보는 것이 싫었다.

슬레인은 곧바로 자신들의 개입을 들키지 않는 선에서 중국과 파키스탄 연합군을 공격하는 방법을 찾았다.

[그거라면 간단합니다. 저격을 하면 됩니다.]

슬레인의 해결책은 매우 간단하면서도 간결했다.

저격은 소수로 다수의 적을 상대할 때, 무척이나 유용한 비대칭 전술이다.

그 때문에 전쟁 포로에 대한 약속인 제네바 협정에서도 저격수에 관한 부분은 빠져 있을 정도다.

아니, 굳이 협정에 존재하더라도 저격수의 공격에 피

해를 입은 국가에선 저격수를 현장에서 사살하는 것이 관례였다.

괜히 포로로 잡았다가 탈출이라도 한다면, 또다시 그런 고통을 겪어야 하기 때문이다.

이는 공산과 민주 진영을 가리지 않고 통용되었다.

그만큼 저격수가 무섭고 두려운 존재이기 때문이다.

그런데 이미 초인이 되어버린 수호, 그리고 파워 슈트의 도움으로 그에 준하는 능력을 가지게 된 SH시큐리티의 직원들이 저격수로서 히말라야 산맥의 깊은 계곡 위에서 적을 저격한다면, 어떤 결과가 나올지 상상만 해도 두려울 정도였다.

＊　　　＊　　　＊

인도 라다크 주둔군 대위 라사드 칸은 굳은 표정으로 무전을 받았다.

그도 그럴 것이, 국경을 넘어 라다크 안쪽으로 접어든 중국군 산악여단을 막기 위해 긴급 출동을 한 것인데, 파키스탄에서도 병력을 이동시킨 것이다.

'제길. 중국 놈들과 파키스탄 놈들이 또 붙어먹는 것인가?'

예전에도 이런 적이 있었다.

국경을 침범한 중국 산악여단을 막기 위해 출동하자, 파키스탄 병력이 후위를 기습 공격하는 바람에 큰 피해를 입고 전선을 물렸다.

그나마 한국의 명품 자주포인 K—9을 면허 생산한 바즈라가 배치되면서 라다크 안쪽에 주둔하던 중국군을 몰아낼 수 있었다.

그중 빼앗긴 라다크 일부 지역 또한 되찾을 수 있었다.

그런데 이번에도 또 그때와 같은 일이 벌어진 것만 같았다.

"모두 잘 들어라!"

라사드 칸은 자신의 부하들을 모아 두고 현재 자신들이 처한 상황을 알렸다.

그나마 이번엔 한국에서 들여온 경전차가 네 대나 보급되어 조금은 안심할 수 있었다.

중국군 또한 15식 경전차를 보유하고 있지만, 자신들이 보유한 한국산 경전차의 성능이 훨씬 뛰어났다.

"I—21 경전차가 중국군 15식 경전차를 막아 줄 것이니 우린 안심하고 적을 맞이하면 된다."

비록 중국군과 파키스탄군의 양동작전에 말려든 것이지만, 라사드 칸 대위는 자신들이 보유한 경전차 전력이라면 충분히 해볼 만하다고 판단하였다.

비록 전차의 숫자는 상대의 반 정도에 불과하지만, 자신이 익히 들은 I—21이라면 충분히 상대하고도 남았다.

다만, 하도 뻥을 잘 치는 무기 개발자들의 말을 백 퍼센트 믿어야 하는 것에 대해선 살짝 외면하기로 했다.

군 지휘관으로서 병력의 열세인데, 굳이 아군의 사기를 떨어뜨릴 이야기를 할 필요는 없기 때문이다.

이렇게 라사드 칸 대위가 자신의 부하들을 독려하고 있을 때, 이들과 마주할 중국군 또한 전의를 다지고 있었다.

＊　　＊　　＊

"아시드 대위 이번에도 우리 함께 오만한 인도 놈들을 이곳에서 몰아냅시다."

무전기를 들고 동맹인 파키스탄의 아시드 대위와 통신을 하는 리시안 상위가 호탕하게 웃으며 이야기하였다.

그런 리시안 상위의 말에 아시드 대위는 미소를 지으며 답했다.

— 물론이죠. 이참에 우리가 라다크를 그냥 두고 본 것이 아님을 저들에게 알려 줘야 합니다.

"그렇습니다. 우리가 힘이 없어서가 아니라, 괜한 인명 피해를 우려해 놔둔 것이죠."

두 사람은 생각보다 서로 죽이 잘 맞았다.

"조금 뒤인 15시 30분에 공격을 시작하겠습니다."

— 알겠습니다. 그럼 저는 이만.

아시드 대위는 그렇게 중국군 리시안 상위와 통화를 끝냈다.

탁!

리시안 상위는 무전을 끝내고 수화기를 통신병에게 건네고 돌아섰다.

'이번 일만 잘 끝내면 훈장과 진급은 확실하다.'

아직 전투가 시작도 하지 않은 이때, 리시안 상위는 이미 전투 후 있을 자신의 진급과 훈장 수여식에 대해 떠올리고 있었다.

앞으로 있을 전투가 어떻게 전개될지도 모르면서 그는 벌써 승리에 취한 것이다.

그도 그럴 것이, 지금까지 그가 겪은 인도군은 매우 허접했다.

군기는 너무도 문란하고, 무기도 제대로 사용하지 못했다.

그러니 신형 장비가 들어온 것 때문에 겁을 먹을 필요는 전혀 없었다.

그래서 굳이 전술이랄 것도 없이 부하들에게 인도군이 보이면 바로 공격하라는 어이없는 명령을 내렸다.

"리시안 상위님! 3킬로미터 밖에 인도군의 모습이 보입니다."

인도군을 발견한 관측병의 보고에 리시안 상위는 지휘 차량에서 나와 망원경으로 전방을 확인했다.

'흠, 확실하군.'

망원경으로 확인한 인도군의 뒤에 한국에서 들여온 경전차의 모습이 확인되었다.

정보대로 전차의 숫자는 일개 소대 규모에 불과했다.

겨우 이 정도를 끌고 온 인도군이 불쌍해 보였다.

자신만 해도 부대에 있는 경전차 중 절반인 여덟 대를 가져온 상태고, 합동 작전을 펼치는 파키스탄군 또한 자신들과 같은 15식 경전차 네 대를 이번 작전에 투입한 상태다.

즉, 인도의 기갑부대는 세 배가 넘는 병력을 상대해야만 한다는 뜻이었다.

알려진 바에 의하면 한국으로부터 수입한 경전차의 방어력이 15식보다 뛰어나다고 하지만, 리시안 상위는 이를 별로 걱정하지 않았다.

그도 그럴 것이, 인도가 보유한 경전차는 처음부터 경전차로 개발된 것이 아닌 병력을 수송할 목적으로 만

들어진 장갑차의 차체 위에 포탑을 올린 물건이다.

그러다 보니 상부는 방어력은 장갑차 수준에서 벗어나지 못할 것이라 판단했다.

리시안 상위 본인 또한 그렇게 생각했다.

하지만 이들은 알지 못했다.

인도군이 보유한 I—21 경전차는 기존 한국군이 소유한 K—21 장갑차의 차체를 유용한 것이 맞기는 하지만, 장갑 부문에선 기존의 것이 아닌 SH화학에서 개발한 방탄판을 덧대어 방어력을 3세대 전차급으로 끌어올렸다는 것을 말이다.

그 말은 경전차라 부르기 미안할 정도로 방어력이 뛰어나, 중국의 제식 전차인 96식과도 충분히 맞대결이 가능하다는 소리였다.

게다가 I—21 경전차가 중국군의 96식 전차에 비해 주포 구경이 작기는 하지만, 일체형 포탄을 사용하기에 관통력은 비슷한 수준이다.

중국군은 자신들의 전차인 96식의 주포가 서방세계 국가들의 주력 전차의 화력과 비슷하거나 더 좋다고 주장하곤 했다.

하지만 이는 말도 되지 않는 소리다.

그도 그럴 것이, 96식 전차의 주포가 125㎜여도 하지만 러시아제 T—72 전차의 주포를 개량한 것이다.

그런데 어떻게 미국이나 독일 등, 서방세계의 주력 전차와 비슷하거나 더 강력할 수 있겠는가.

이는 중국인들 특유의 허풍에 지나지 않았다.

실질적으로 중국군의 96식 전차의 주포 화력은 압연 강판 기준으로 580∼600㎜ 정도다.

그런데 I—21 경전차의 방어력은 SH화학에서 개발한 방탄판으로 인해 3세대 전차의 세라믹 장갑에 버금가는 900㎜급으로 보강되었다.

즉, 중국군 15식 경전차의 화력으로는, 아니, 96식 전차로도 정면은 물론이고, 장갑이 약한 측면도 한 방에 관통하지 못한다는 소리였다.

이런 사실을 모르는 리시안 상위는 전투의 승리를 믿어 의심치 않고 있다.

이는 중국 병법에 언급하는 '지피지기 백전불퇴'란 말을 생각지 않기에 할 수 있는 생각이었다.

그리고 리시안 상위와 파키스탄의 아시드 대위는 자신들에게 사신이 접근하고 있는 줄도 모르고, 그저 앞으로 있을 전투에 대한 희망 회로만 돌리고 있었다.

*   *   *

쾅!

전투의 시작은 중국군이 먼저였다.

협곡 맞은편에 인도군의 모습이 보이자, 하달된 명령대로 15식 전차가 인도군에 대고 사격한 것이다.

하지만 사격 통제 장치가 좋지 못한 중국군의 공격은 목표로부터 한참이나 벗어난 빈 땅을 맞췄다.

그렇게 중국군의 공격으로 전투가 시작되자, 인도군도 반격을 시작했다.

쾅! 쾅!

아쉽게도 인도군의 I—21 경전차에서 쏜 첫 탄은 중국군 15식 경전차의 1m 옆으로 빗나갔다.

서로가 한 번씩 공격을 실패한 것이다.

그런데 두 번째 공격에서 명중탄이 나왔다.

이번에는 중국의 15식 경전차가 피격당한 것이다.

다만, 유효사거리를 벗어난 교전이기 때문인지, 명중된 15식 경전차는 대파가 아닌, 반파로 그쳤다.

하지만 피격된 중국군 전차는 더 이상 전투 수행이 불가능해져서 전장을 이탈해야만 했다.

여덟 대의 경전차 중 한 대가 전투 수행 불가로 빠지자, 중국군 내부에서 동요가 일어났다.

그도 그럴 것이, 자신들의 승리에 대한 확실한 믿음이 순간 흔들렸기 때문이다.

겨우 네 대에 불과한 적을 상대로 두 배나 되는 전력

이 선공을 했으면서도 상대를 제압하기는커녕 오히려 피해를 보았다.

게다가 전장의 상황은 갈수록 중국군에 불리하게 진행되었다.

인도군에서 명중탄이 나온 것처럼 중국군이 쏜 포탄에도 명중탄이 나오기 시작했다.

두 배나 되는 경전차들이 쏘아 대다 보니 명중되는 탄이 나오지 않을 수가 없었다.

하지만 결과를 본 중국군은 절망하고 말았다.

자신들이 쏜 포탄에 맞은 인도의 I—21 경전차가 피해도 입지 않고 계속해서 이쪽을 공격했기 때문이다.

자신들이 가진 전차는 상대의 공격에 무력해지는 반면 적 전차는 멀쩡한 모습을 보여 주니, 어쩌면 당연한 결과였다.

그나마 다행인 것은 양 진영 사이에 깊은 협곡이 존재하여 진군이 쉽지 않다는 점이다.

만약 이곳이 협곡을 사이에 둔 곳이 아닌 평원이었다면, 기습한 중국군은 인도군에 의해 박살 날 것이었다.

그런 이유로 인도군과 중국군의 사기 변화는 너무도 극명해졌다.

비록 수량은 적지만, 자신의 편이 쏘아 낸 공격에 하나둘 파괴가 되어 주저앉거나 전장을 이탈하는 중국 전차를 본 인도군은 고함과 함성을 지르며 환호했다.

반면, 자신들의 편이 파괴되고 도망치는 모습을 보는 중국 병사들의 눈에는 공포가 가득했다.

쾅쾅!

아직 이런 상황을 제대로 알지 못하는 파키스탄군은, 중국군의 공격 개시를 알리는 소리에 약속대로 인도군의 위 파키스탄이 점령한 지역에서 나타나 그들의 옆구리를 공격했다.

쾅!

펑!

느닷없이 공격을 받은 인도군은 깜작 놀랐다.

한참 고무된 상태에서 느닷없이 기습을 당했기 때문이다.

예전이라면 이런 파키스탄군의 기습에 당황하고 도망칠 테지만, 이번에는 아니었다.

그들의 뒤에는 든든한 전차가 있었다.

실제로 파키스탄의 전차병은 중국군보단 훈련을 많이 받은 건지, 아니면 운이 좋은 건지, 초탄에 명중시켰다.

그렇지만 앞을 가로막던 연기가 사라지자, 파키스탄군은 경악을 금치 못했다.

그도 그럴 것이, 분명 전차의 약한 부분인 측면에 명중한 것이 무색하게도 전혀 당한 흔적이 안 보였다.

아니, 명중된 부분에 흔적이 남기는 하지만, 움직이거나 공격하는 것에 전혀 지장을 받지 않았다.

그런 모습을 지켜보던 파키스탄군과 중국군은 경악을 넘어 두려움에 떨어야만 했다.

특히 파키스탄군의 경우 중국군과 다르게 이들은 육로로 연결이 되어 있어 언제든 공격이 가능했다.

"3호와 4호 전차는 저기 파키스탄 놈들을 공격해!"

라사드 칸 대위는 자신들을 기습한 파키스탄 전차를 공격하라고 무전을 날렸다.

이에 한창 중국군 전차를 상대하던 인도 전차 중 뒤쪽에 있던 3호와 4호 전차가 기수를 돌렸다.

그러고는 파키스탄군 전차가 자리하고 있는 곳으로 전진하여 포탄을 쏘기 시작했다.

*　　　*　　　*

한편, 한창 포격전이 벌어지는 협곡이 내려다보이는 곳에서 수호와 SH시큐리티 직원들이 자리 잡고 전투를 지켜보고 있었다.

"호! 대화디펜스에서 아주 제대로 만들었네."

수호는 감상평을 짧게 이야기했다.

"인도군이 보유한 것이 대화에서 만든 것입니까?"

김국진은 눈을 동그랗게 뜨며 수호에게 질문했다.

대화디펜스에서 장갑차 기반으로 경전차 개발에 성공한 이야기는 알고 있었다.

또한 필리핀에서의 경전차 사업에서 터키와 이스라엘이 합작한 것에 밀려 패하고, 인도에서는 러시아의 어깃장으로 사업이 불투명하다고 들었다.

그런데 방금 전 수호가 하는 이야기를 들어보니 자신이 모르는 것이 있음을 알았다.

"기존의 것도 괜찮지만, 러시아와의 관계 때문에 미루고 있던 인도 정부를 설득했습니다."

"어떻게?"

국제 무기 거래는 무기의 성능도 중요하지만, 국가간 관계도 무척이나 심각한 요소였다.

인도는 러시아로부터 많은 무기를 사들이고 있는 나라다.

주력 전투기부터 전차에 이르기까지 인도는 상당 부분을 러시아에서 수입하고 있었다.

그렇기 때문에 중국군이 라다크 일대에 15식 경전차를 배치했을 때, 가장 먼저 생각한 것이 러시아의 경전차였다.

하지만 그것은 경전차라 부르기도 힘든 것이고, 또 러시아 육군도 몇 대 도입하지 않은 실패작이었다.

때문에 인도가 시선을 돌려 한국과 협상을 시작하자, 러시아에서는 강하게 어깃장을 놓았다.

그 때문에 인도는 어쩔 수 없이 경전차 사업을 뒤로 미룰 수밖에 없었다.

그렇지만 언제까지나 중국을 두고 볼 수는 없기에, 러시아와의 관계를 일부 포기하면서까지 한국의 경전차를 들여왔다.

국경의 상황이 긴급한데, 언제까지 눈치만 보고 있을 수는 없었기 때문이다.

아무리 국제 관계도 중요하다 한들 영토 문제보다 중요할 수는 없었다.

그래서 인도는 대한민국의 K—21 105㎜ 설계도를 급하게 들여와 라이선스 생산을 한 후, 일부는 예전에 K—9 자주포가 그런 것처럼 직도입하여 국경 지대에 배치하였다.

지금 전투를 벌이고 있는 인도군의 I—21이 바로 직도입한 경전차였다.

10. 라다크 전투 결과

라다크 사욕강 북쪽을 침공한 중국군과 파키스탄군은 전력의 우세에도 불구하고 일방적으로 밀렸다.

벌써 네 기의 전차를 잃은 상태에서 이대로 밀리다가는 전투가 끝난 뒤 분명 정부로부터 질책이 내려질 것이 분명했다.

뿐만 아니라 그에 대한 책임 또한 지게 될 것이 분명하기에 중국군 지휘관인 리시안 상위나 아시드 대위는 급히 본국 공군에 지원 요청을 하였다.

"여기는 40합성여단 예하 상위 리시안이다. 적의 저항이 막강해 항공 지원이 필요하다."

리시안은 급히 신장 바인궈렁 몽골 자치구에 주둔중인 178 항공 여단에 연락했다.

파키스탄의 아시드 대위 역시 자국 공군에 항공 지원을 요청하였다.

이는 어쩔 수 없는 결정이었다.

육상 전력만으로는 전혀 상대가 되지 않았기 때문이다.

정보에 의하면 인도군은 겨우 한국에서 수입한 네 대의 I—21 경전차가 전부였다.

자신들이 보유한 15식 경전차에 비해 우수한 경전차라 해도 그 차이는 근소했기에 세 배나 되는 전력을 가진 자신들이 훨씬 유리했다.

즉, 전투의 결과는 반대로 자신들에게 일방적으로 유리하게 나와야만 하였다.

그런데 어찌된 일인지 결과는 그 반대였다.

인도의 I—21 경전차는 자신들이 쏜 포탄에 직격을 당해도 전혀 타격을 받지 않았다.

그에 반해 자신들은 인도군이 쏜 포탄에 맞는 족족 파괴되어 전장에서 이탈하는 것이 아닌가.

전차전으로는 답이 없다 판단한 리시안 상위나 아시드 대위는 각각 전차의 천적이라 할 수 있는 공군에 항공 지원을 요청한 것이다.

그러는 순간에도 파키스탄과 중국군은 점점 전장을 이탈하고 있었다.

＊　　　　＊　　　　＊

협곡 위에서 수호와 SH시큐리티 직원들은 느긋하게 세 나라간의 전투를 지켜보았다.

원래는 비교적 약세라 판단되는 인도군을 도와주기 위해 급히 이동을 하여 자리를 잡았는데, 전투의 양상이 예상과는 흘러가자 할 일도 딱히 없어 그냥 구경하였다.

"회장님, 인도군이 일방적으로 전투의 양상을 끌고 가는 군요."

김국진은 협곡 아래서 벌어지고 있는 전투의 양상을 보며 수호에게 말했다.

"대화디펜스가 정말로 잘 만든 것 같아."

수호는 새삼 감탄했다.

물론 지금 인도군이 사용 중인 경전차가 지금처럼 활약을 할 수 있던 것은 전적으로 SH화학에서 생산한 방탄판을 이용했기 때문이다.

하지만 수호는 굳이 언급하지는 않았다.

그저 대화디펜스를 높게 쳐 줄 뿐이었다.

"그러게 말입니다. 저 정도 방어력이면 저희 군이 아직도 사용 중인 M48 계열 전차들을 대체할 수 있을 것 같습니다."

M48 전차는 미군이 1940년대 중후반에 개발을 한 M46 패튼 전차의 개량형이다.

해당 전차는 1950년에 발발한 한국전쟁에도 사용한 전례가 있기도 했다.

당시, 막 개발한 M46 패튼 전차의 개선점을 발견하여 양산한 것이 시작이었다.

그렇게 개선된 전차들은 베트남 전쟁에도 투입되고, 미군을 통해 1990년대까지 운용이 되다가 동맹인 나토와 이스라엘, 그리고 대한민국까지 공여되었다.

하지만 20세기 말, 극한으로 치닫던 냉전으로 인해 소련에서 신형 전차가 나왔다는 첩보를 입수한 미국을 비롯한 서방측 국가들은, 그 상황을 대응하기 위해 새로운 3세대 전차를 개발하기에 이르렀다.

105㎜의 2세대 전차에서 벗어나 120㎜를 탑재하게 된 3세대 전차를 개발한 것이다.

그렇지만 아직까지 경제력이 부족하던 대한민국은 105㎜ 주포를 계속 생산하였다.

세월이 흐르면서 M48 계열의 전차들이 점점 도태되고 사라져도 한국만은 전차 전력의 업그레이드를 뒤로 미룰 수밖에 없었다.

그 때문에 21세기가 되었음에도 대한민국은 M48 계열의 전차를 운용하였다.

하지만 도입한지 무려 60년이 훨씬 넘어가는 노후 전차여서인지, 부품이 부족해 제대로 된 정비도 할 수가 없어 가동률이 떨어졌다.

그런데도 육군은 어쩔 수 없이 M48 계열을 사용할 수밖에 없었다.

그 이유는 바로 대한민국의 3세대 전차의 신호를 올렸던 K—1 전차의 생산 라인이 사라졌기 때문이다.

K—2 흑표 전차 생산을 위해 K—1 전차의 라인을 어쩔 수 없이 폐쇄하다 보니, 구형 전차 대체를 K—2 흑표로 해야 했다.

하지만 K—2 흑표의 비싼 가격으로 인해 모든 수량을 대체할 수는 없었다.

이런 상황에서 대화디펜스가 명품 전차를 생산한 것이다.

정말 정답에 가까운 상황이지만, 이 또한 완벽한 대안은 아니었다.

그도 그럴 게, 대화디펜스에서 만든 K—21 105㎜의 경우, 기존에 사용하던 전차포용 포탄과는 다른 규격을 사용했다.

때문에 K—21 105㎜는 육군이 요구하는 화력이 나오지 않아 채택되지 못했다.

이것만 해결된다면 육군도 분명 M48 계열 전차들을 대체하기 위해 K—21 105㎜를 채택할 것이다.

'흠, 이것도 괜찮을 것 같기는 한데…….'

인도군 경전차의 활약을 보면서 수호는 만족스러운 미소를 지었다.

I—21 105㎜는 차체가 장갑차의 차체에 전차 포탑을 올린 것이라 차체 내부에 병력의 수송도 가능했다.

이는 무척이나 매리트가 높은 옵션이었다.

현대의 육군은 기계화를 진행하고 있다.

대한민국 육군 또한 편제를 바꾸기에, 육군 무기 중 강력한 화력을 지닌 전차가 병력 수송차량처럼 사용할 수 있다면 작전을 펼칠 때 무척이나 유리할 것이다.

수호는 4세대 전차에 대한 개념을 머릿속으로 구상해 보았다.

현존하는 어떤 전차포에도 견딜 수 있는 1,500㎜ 이상의 방어력을 가지고, 각종 미사일 공격으로부터 능동적인 방어 시스템을 갖추며, 천적이라 할 수 있는 항공전력에도 대응할 뿐만 아니라, 적의 탐지로부터 자신을 숨기는 스텔스 성능, 그리고 마지막으로 지상병력과의 합동작전에 적합함을 모두 갖춘 전차가 있다면 괜찮을 것 같았다.

'음, 그러기 위해선 많은 전력이 필요하겠군.'

인류가 사용하는 많은 첨단 무기는 작동을 하기 위해 전기를 사용한다.

그것은 포탄을 쏘는 전차도 예외가 아니다.

전차에 들어 있는 각종 센서들이 정상적으로 작동하기 위해선 엔진해서 생산하는 에너지가 꼭 필요했다.

전차의 엔진은 단순하게 전차를 움직이는 것에만 힘을 사용하는 것이 아니다.

정확한 조준을 위한 광학 장치에, 그리고 포탄을 발사하기 위한 기기 등 많은 부분에 전기를 필요로 하였다.

그렇기에 현대의 전차 엔진은 보다 많은 에너지를 생산하기 위해 마력수를 높이고 있었다.

쎄에에에에!

수호가 대한민국의 육군 전력 증강에 대한 생각을 하고 있을 때, 느닷없이 공중에서 대기를 가르는 듯한 파열음이 들려왔다.

그것은 제트엔진을 가진 전투기, 혹은 전폭기가 나타났음을 의미하는 것이었다.

"어?"

김국진은 소음이 들리는 방향으로 고개를 돌리며 침

음을 내질렀다.

"회장님, 몸을 숨겨야 할 것 같습니다!"

북쪽 하늘을 지켜보던 김국진은 중국의 국경 쪽에서 날아오는 전투기의 형체를 확인하고는 소리쳤다.

하지만 수호는 차분하게 얘기할 뿐이었다.

"재밍 장치 켜."

수호는 자신들이 타고 온 소형 전술 차량을 가리키며 말했다.

사실 건조한 산악 지형인 히말라야에서 숨을 곳은 그리 많지 않았다.

때문에 수호는 혹시 모를 상황을 대비해 전술 차량 안에 적 레이더 전파를 차단하는 장치를 넣어 두었다.

비록 그 크기가 작아 넓은 범위를 재밍할 수는 없지만, 현재 자신들이 있는 범위 정도는 가리기 충분했다.

수호의 지시를 들은 김국진은 빠르게 움직여 각 전술 차량에 방금 전 명령을 하달했다.

한편, 자신들의 밑에서 전투를 지켜보는 존재들이 있음을 알지 못하고 그저 인도군에 폭격을 하기 위해 날아온 서부전구 소속 J—10 전투기 편대는, 협곡으로 진입하기 위해 기수를 돌렸다.

슈슈슈!

전투기는 라다크 상공에 나타나기 무섭게 목표인 인

도군 경전차에 대고 공대지 미사일을 발사하였다.

사전에 지원 요청을 받고 날아오고 지상군의 정확한 유도를 보아서 적의 위치를 찾는 것은 일도 아니었다.

그렇게 전투기에서 사출된 미사일은 요란한 소리를 내며 인도군의 경전차에 날아갔다.

쾅! 쾅!

대기를 가르며 날아가던 중국군 공대지 미사일은 큰 폭발음을 내며 연기에 가려졌다.

'어? 명중했나?'

협곡 위에서 모든 것을 지켜보던 수호는 전투기에서 발사된 미사일이 정확하게 인도군 경전차에 날아가는 것을 보곤 살짝 놀랐다.

세계 방산 전시회에 출품된 중국산 무기의 평가는 대체로 그들이 자랑하는 무기의 스펙보다 훨씬 미치지 못한다고 알려졌다.

그런데 방금 전, 전투기에서 발사된 공대지 미사일은 정확하게 인도군의 경전차에 날아간 것이다.

정확하게는 두 발 중 한 발만 맞은 것이지만, 그것만으로도 알려진 것보다 명중률이 더 높다고 할 수 있었다.

미사일이 발사되었다고 100% 명중하는 것은 아니기 때문이다.

더욱이 이곳은 개활된 공간이 아닌 레이더 파가 간섭이 심한 협곡이지 않은가.

그런 것을 고려한다면, 중국군의 공대지 미사일의 성능은 알려진 정보보단 쓸 만한 것이다.

하지만 화염과 연기가 사라진 뒤에 결과를 본 수호는 살짝 입꼬리를 올렸다.

그도 그럴 것이, 인도군의 I—21 경전차에 있는 능동 방어 체계가 미사일의 위력을 줄인 것이다.

수호가 미소를 지은 것은 승무원들이 아직 안전한 것을 보았기 때문이었다.

대화디펜스에서 인도군에 납품한 I—21 경전차에는 대한민국 육군 주력 전차인 K—2에 달린 이스라엘제 능동 방어 체계가 들어가 있었다.

원래 K—2 흑표에는 국산형 능동 방어 체계가 부착될 예정이었다.

하지만 이스라엘제와 다르게 360도로 폭발하기 때문에 자칫 합동 작정을 하는 보병에게 부상을 입힐 수 있다는 결과가 나왔다.

때문에 해당 문제에 대한 보안 연구가 끝나기 전까지는 수입한 것을 사용하기로 결정했다.

인도군에 납품한 경전차도 같은 문제 때문에 이스라엘제를 사용했다.

'역시나, 명품에 어울리는 옵션이군.'

이스라엘제 능동 방어 체계의 성능을 눈으로 본 수호는 고무되었다.

그리고 이때, 슬레인의 목소리가 머릿속에서 들려왔다.

[마스터, 인도군의 I—21 경전차가 반격을 시작합니다.]

슬레인의 말대로 경전차의 움직임이 변하는 것이 보였다.

위이잉!

철컥!

푸쉬이이.

경전차 중 선두에 서 있던 차량에서 휴대용 지대공 미사일인 신궁Ⅱ가 튀어나오더니, 불을 뿜으며 솟아올라 저 앞 상공으로 날아가는 J—10의 꽁지를 쫓기 시작했다.

슈우우욱.

쾅!

아직 협곡을 빠져나가지 못한 중국군 전투기는 결국 미사일을 회피하지 못하고 폭발하였다.

조금 전에는 이스라엘제 능동 방어 체계의 뛰어난 성능을 증명한 I—21 경전차가 이번에는 대한민국이 개발한 휴대용 지대공 미사일인 신궁Ⅱ의 성능을 충분히 증명해 주었다.

　기존 KP—SAM 신궁의 개량형으로 탐색기를 국산화한 것은 물론이고, 사거리를 15킬로미터로 두 배 이상 늘렸으며, 기존의 마하 2.1이던 것을 마하 3.5까지 무려 1.4나 상승시켰다.

　그러다 보니 탐색기에 락온되면 회피가 불가능했다.

　하지만 실전 사례가 없어 이것을 증명할 수 없었는데, 이번 라다크에서 벌어진 전투로 인해 I—21 경전차에 들어간 대한민국의 기술력과 각종 무기들의 우수성이 증명된 것이다.

　이 소식이 전 세계에 알려진다면 대화디펜스가 개발한 K—21 105㎜에 대한 문의가 쏟아질 것이 분명했다.

　뿐만 아니라 겨우 15만 달러에 불과한 휴대용 지대공미사일이 2,700만 달러나 하는 전투기를 떨어뜨렸으니 이 신궁Ⅱ 또한 많은 문의를 받으리라.

　무엇보다 수호는 SH화학에서 생산하는 방탄판의 성능에 만족했다.

　이스라엘제 능동 방어 체계를 뚫고 중국군 15식 경전차의 포탄이 직격했는데도 전혀 타격을 받지 않고, 반격하며 탄을 쏘았다는 사실에 고무된 것이다.

　그러면서도 J—10의 레이더를 피하기 위해 재밍하고 있는 소형 전술 차량을 돌아보았다.

SH중공업에서 개발한 소형 전술 차량은 I—21 경전차에 사용한 방탄판을 이용해 만든 것이기 때문에 그 공격에 충분히 버틸 수 있다는 판단이 내려졌다.

'앞으로 할 것이 많군.'

수호는 한국으로 돌아가면 해야 할 일을 정리하다가 너무 많아졌다는 것을 깨달았다.

현재 한국 육군은 신형 전술 차량 도입 사업에 대한 잡음이 끊이지 않고 쏟아지고 있었다.

관련된 각 군수 업체는 물론이고, 로비를 받은 군 장성과 국회의원들의 이전투구로 진작 끝났어야 할 사업이 좌초 위기에 있는 중이다.

이는 노후화된 M48 계열 전차 대체 사업과 맞물려서 몇 년째 도입 계획만 세워지고 정작 예산 통과가 되지 않고 있다.

＊　　　＊　　　＊

인도와 중국의 무력 충돌은 삽시간에 전 세계로 퍼져 나갔다.

더욱이 이번 충돌에 인도와 국지전을 벌이던 파키스탄이 중국과 사전에 모의하고 함께 인도군의 뒤를 공격한 것이 알려져 큰 충격을 선사했다.

하지만 더욱 놀라운 사실은, 중국과 파키스탄 연합군이 오히려 인도군에 패배하고 물러났다는 것이다.

이에 인도 총리는 전투의 승리를 대대적인 홍보에 사용하기 시작했다.

뿐만 아니라 혁혁한 공을 세운 것이 대한민국에서 들여온 경전차임이 알려지며, 모디 총리는 이 또한 자신의 공이라는 것을 사람들에게 퍼트리며 열기를 더했다.

그러다 보니 경전차가 필요한 국가들은 대한민국의 대화디펜스에 문의하기 시작하였다.

남미나 동남아시아 국가들의 경우, 중량이 45톤 이상 나가는 중전차 보다는 35톤 미만의 경전차에 대한 수요가 많았다.

그 때문에 이번 인도와 중국, 파키스탄 간의 전투에 대해 많은 관심을 보였다.

특히나 몇 년 전, 경전차 도입 사업을 벌인 필리핀의 경우에는 입장이 난처했다.

당시에 대화디펜스의 K—21 105㎜를 거절하고 이스라엘의 엘빗 시스템즈의 Sabrah 경전차를 선정했기 때문이다.

그런데 불과 얼마 지나지 않아 이렇게 입장이 바뀌었다.

참으로 웃기면서도 슬픈 상황이었다.

대화디펜스의 경전차가 극찬을 받은 분야는 또 있었다.

바로 방어력이다.

경전차임에도 불구하고 장갑 방어력이 다른 선진국들의 주력 전차에 비해 전혀 손색이 없다는 것이 뒤늦게 알려진 것이다.

주력 전차의 경우 평균적으로 900~1,200㎜의 장갑 보호력을 가진다.

이는 기본 방어력에 성형 작약탄의 공격을 방어하는 반응 장갑의 값을 더한 것이다.

대화디펜스의 K—21 105㎜의 경우, 기본 방어력이 무려 1,000㎜다.

만약 여기에 반응 장갑을 더 부착한다면 3세대 주력 전차와 차이가 없는 수준인 것이다.

이는 대화디펜스가 인도 육군과 계약하며 서명한 공식 문서에서 나온 값이기에 틀릴 가능성은 없었다.

이러다 보니 경전차를 논외로 보던 북유럽 국가도 관심을 보였다.

그도 그럴 것이, K—21 105㎜는 전차가 기반이 아닌, 보병 전투 장갑차의 차체에 105㎜ 포탑을 올린 새로운 개념의 경전차였다.

그러다 보니 탄약 적재량만 조금 조절하면, 병력 수

송도 가능했다.

이는 육군 전술에서 무척이나 중요한 사항이었다.

병력 수송을 위해 따로 운송 차량을 지원할 필요가 없고, 보병은 안전하게 보호를 받으며, 바로 화력 지원이 가능하니 이보다 더 좋을 수 있겠는가.

특히나 공중에서 들어오는 공격에 취약한 보병에게 옵션으로 부착한 지대공 미사일로 3세대 제트 전투기를 격추시키는 장면을 보여 주었다.

그 말은 인도군처럼 그대로 경전차를 도입하면 굳이 보병의 수송을 위해 장갑차가 필요하지 않는다는 것이다.

뿐만 아니라 주력 전차와 함께 합동작전을 하는 것에 제약이 거의 없었다.

아무리 기계화 부대가 편제를 잘 갖춰도 주력 전차들에 비해 다른 방어력이 부족한 것은 사실이다.

현대 전투에서 기갑 전력이 투입되었을 때, 공중에서의 공격에 얼마나 취약한지 아제르바이잔과 아르메니아 간의 전쟁에서 여실히 드러났다.

특히 드론으로 인한 공중 폭격에 많은 피해를 입었다.

당시 전력은 러시아의 후원을 받고 있는 아르메니아가 훨씬 유리한 입장이었다.

두 국가 모두 같은 무장을 하고 있지만, 아르메니아가 종주국인 러시아의 지원을 받기 시작해 무기의 질이나 숫자의 균형이 무너진 것이다.

하지만 곧 터키의 지원을 받은 아제르바이잔이 드론을 이용해 대공방어가 취약한 적군의 기갑부대를 기습하여 많은 전과를 올렸다.

그 결과 전력의 우위에도 불구하고 아르메니아는 아제르바이잔에 굴욕적인 평화 협정을 맺을 수밖에 없었다.

이런 사례만 봐도 기갑부대가 얼마나 공중에서의 공격이 취약한지 알 수 있었다.

이 때문에 새롭게 조명을 받은 무기가 바로 대한민국에선 비운의 아이콘이던 비호였다.

복엽기나, 구식 프로펠러 전투기, 그리고 드론과 같이 저고도 침투를 목적으로 하는 북한군 비행체들을 막기 위해 개발된 비호 대공 장갑차는, 날로 발전하는 무기들로 인해 육군이 요구하는 작전 요구 성능을 충족시키지 못하고 도태될 뻔했다.

하지만 기술의 발전은 비호에게도 적용되었다.

보다 발전된 눈(레이더)을 갖추게 되고, 또 정보 공유를 통한 통합 네트워킹 시스템으로 인해 동시 교전을 할 수 있게 된 것이다.

그 결과 소형 표적과 드론 등에 대한 방어에 적합하다는 판정을 받아서 살아날 수 있었다.

그런데 K—21 105㎜의 경우, 이보다 한발 더 나아간 대공 능력을 갖춘 것이다.

솔직히 이런 결과는 경전차를 설계한 대화디펜스 관계자들도 예상 밖이었다.

아니, 정확히는 옵션으로 넣은 휴대용 지대공 미사일 신궁Ⅱ의 성능을 제대로 파악하지 못했다는 표현이 더 맞을 것이다.

스펙 상으로야 휴대용 지대공 미사일로 전투기를 격추할 수 있다고 하지만, 사실 그것은 상당히 어려운 일이다.

신궁Ⅱ가 기존 신궁Ⅰ에 비해 업그레이드되면서 미국이나 러시아의 것과 비슷한 스펙을 가지게 되었다고는 하지만, 실전 사례가 없기에 정확히 어떤 능력을 가진 건지 파악하지 못했다.

하지만 이번 전쟁에서 기대 이상의 훌륭한 성능을 보이고, 홍보 아닌 홍보를 하며 수요가 많아졌다.

때문에 대화디펜스는 그 누구보다 밝게 웃을 수 있었다.

인도는 비록 소규모 국지전에서 승리한 것이라도 피해가 없는 건 아니고, 중국과 파키스탄은 손해만 보았기에 웃을 수 없으니까 말이다.

＊　　　　＊　　　　＊

인도 정부가 라다크에서의 전투 결과 때문에 밝게 웃는 반면, 파키스탄과 중국 정부는 뒤를 수습하느라 아무런 대응도 할 수 없었다.

특히나 중국은 자신들이 자랑하던 15식 경전차의 한 개 소대 규모인 네 대가 완파되고, 또 남은 네 대 중 세 대가 새로 만드는 것이 쌀 정도로 파괴되어 체면이 매우 구겨진 상태였다.

게다가 나머지 한 대도 멀쩡하지는 못했다.

인도군 경전차의 포탄에 포탑이 피격되어 교체해야만 했다.

게다가 지휘관인 리시안 상위의 요청으로 지원을 나간 공군 또한 피해를 입고 돌아왔다.

두 대의 J—10 전투기가 급히 출격했는데, 이 중 한 대가 인도군에 의해 격추된 것이다.

전투기를 조종하던 파일럿 역시 탈출하지 못하고 전투기와 함께 산화하였다.

전투기 조종사 한 명을 양성하는 데 들어가는 돈이 전투기값에 준하며 기간 역시 오래 걸린다는 것을 생각해 보면, 중국군에게 이보다 더 뼈아픈 손실이 없었다.

아무리 인구가 많고 전투기 조종사 또한 많다고 하더라도 주력 전투기라 할 수 있는 J—10의 조종사 양성은 단시간에 뚝딱 나오는 공산품이 아니었다.

때문에 중국의 서부전구 장병들의 사기는 그야말로 땅바닥으로 떨어지고 말았다.

비록 서부전구가 중국군의 최정예는 아니더라도 무시할 수 있는 전력은 아니었다.

출격할 때만 하더라도 두 배는 많은 전력과 파키스탄이라는 동맹군만 믿고 자만하던 그들이었다.

하지만 상황은 점점 최악으로 흘러가고, 육군의 천적이라 할 수 있는 공군 전투기 두 대의 지원까지 받았다.

그래서 이렇게 처참하게 패하리라고는 아무도 상상하지 못했다.

그도 그럴 것이, 1962년에 인도를 상대로 국지전을 벌이던 때, 지금과는 반대로 너무도 쉽게 일방적으로 인도군을 밀어내고 아커싸이친 지역을 점령했다.

우왕좌왕하며 도망치는 인도군을 본 중국군은 이후로 그들을 매우 하찮게 보았다.

하지만 이젠 아니다, 중국 서부전국 장병들은 경악을 넘어 인도군에게 두려움마저 느끼고 있었다.

중국 쪽 국경선이 불안정해지는 게 그 증거였다.

인도군이 강해진 이때, 강제로 점거한 아커싸이친 지방을 다시 빼앗으러 올 거란 소문이 돌자, 근방 중국군 중에서 탈영병이 속출했다.

아무리 지휘관이 막아 보려 한들 제대로 수습할 수 없었다.

오히려 지휘관 중에서도 도망치는 자들이 속출했다.

게다가 인도군의 움직임은 실제로 심상치 않았다.

라다크에서 벌어진 전투의 영향으로 한껏 기가 살아난 인도가 라다크 일대에 병력을 집결하고 있는 모습이 위성을 통해 알려졌기 때문이다.

*　　　　*　　　　*

중국 서부전구 사령부에 장성들이 모였다.

그곳에는 76집단군 사령관은 물론이고, 77집단군 사령관까지 집합해 있었다.

대책을 마련하기 위해 소집한 자리이지만, 그리 부드럽게 진행되지는 않았다.

그들은 서로에게 책임을 떠넘기며 잘잘못을 따지고 있었기 때문이다.

중국의 주석은 과오를 절대 용납하지 않기에 누군가는 패전에 대한 책임을 물어야만 했다.

정상적인 국가라면 신속하게 피해를 입은 부분을 복구하기 위해 지원을 보내고 경계를 철저히 하는 등의 반응을 보일 것이다.

또한, 무엇보다도 전투에서 패한 원인을 찾고 보완하는 것을 중요하게 생각할 것이다.

하지만 중국에서는 책임론부터 먼저 나왔다.

이는 참으로 통탄할 일인데, 중국의 내부를 들여다보면 어쩔 수 없는 노릇이었다.

이 모든 것은 권력과 직접적인 관련이 있기 때문이다.

중국에서는 자신의 이력에 작은 흠집이 하나라도 있다면 절대 높은 곳으로 오를 수 없었다.

이 사실을 잘 알고 있는 그들이기에 서로 양보하는 일 따윈 있을 수 없었다.

게다가 이번 자리엔 패전에 직접적으로 연관되어 있는 77집단군의 사령관이 존재했다.

사람들은 77집단군 사령관인 쩡다이정 상장을 먹이를 보듯 노려봤다.

반면에 쩡다이쩡 상장은 목에 핏대를 세우며 신장 바인궈렁 몽골 자치구에 주둔중인 178항공 여단 사령관을 걸고넘어지고 있었다.

분명 자신의 산하에 있는 40산악여단 소속 부대가 전

투를 시작한 것이지만, 어떻게 해서든 패전의 잘못을 자신보다 계급이 낮은 178항공 여단 사령관에게 떠넘기려는 수작이었다.

"아니, 그게 어떻게 우리 공군의 잘못이란 겁니까?"

아무리 군대가 계급사회라 하지만, 공군 사령관인 자이징거 중장은 굳은 표정으로 그에게 맞섰다.

오히려 상황을 제대로 알려 주지 않아 전투기는 물론이고, 아까운 부하까지 잃은 자이징거 중장은 얼굴이 붉게 달아올라 있었다.

"아니, 그렇다고 현장 파악도 안 하고, 그런 지형에 들어가 인도 놈들의 공격을 받아 격추된 것은 엄연히 공군의 잘못이 아닌가?"

쩡다이정 상장은 자신의 말이 억지란 것을 알면서도 어떻게든 꼬투리를 잡고 숙청의 칼날을 비켜날 궁리만 할 뿐이었다.

"참으로 통탄할 일이군."

느닷없이 서부전구 사령관 주세린이 앞에 놓인 탁자를 치며 소리쳤다.

그도 그럴 것이, 대책 회의를 하기 위해 모인 자리에서 책임 회피에만 열을 올리고 있는 장성들을 보니 참으로 어처구니가 없었기 때문이다.

"사령관 동지, 이번 패전은 우리 군이 못 싸운 것이라기보단 적의 장비가 너무도 우수했기 때문이라 판단됩니다."

그제야 쩡다이정 사령관의 옆자리에 앉아 있던 장성 중 한 명이 이번 라다크 전투에 대한 소감을 이야기하였다.

"인도군이 이번 전투에 투입한 경전차의 방어력은 저희 군의 주력 전차인 96식을 상회한다는 보고를 받았습니다."

"뭐? 그게 무슨 말 같지도 않은 소립니까. 인도군의 경전차가 따위가 그런 성능을 가지고 있다니."

리얼후이 소장은 라다크 전투에서 패하고 부대로 복귀한 병사들의 증언을 토대로 이야기를 꺼냈다.

그런 리얼후이 소장의 설명을 들은 서부전구 장성들의 표정이 순간 굳어졌다.

리얼후이 소장이 하는 말에 의하면 중국군은 더 이상 유리한 상황이 아니라는 것과 다름이 없었기 때문이다.

자신들의 중전차보다 빠르며, 방어력도 뛰어나다.

게다가 화력도 자신들의 것에 뒤처지지 않고, 교전 거리마저 비슷하다.

이전까지는 자신들의 전차를 믿고 교전 거리 안으로 들어가 막무가내로 포를 쏘던 전술을 사용했다.

하지만 이제 그랬다가는 같은 결과가 나올 가능성이

농후했다.

또한 알아본 바에 의하면 인도군의 I—21 105㎜는 일부이긴 하지만 병력 수송도 할 수가 있었다.

이에 자리에 있던 중국군 사령관들은 일제히 침음을 내뱉었다.

"거기에다가 제트기를 격추할 만한 대공 능력까지 갖추고 있다니……."

거기에다가 이번 전투에선 동원되지 않은 무기도 있었다.

바로 한국에서 개발하고 인도에서 생산하는 바즈라 자주포와 마찬가지로 한국에서 들여온 사거리 300㎞짜리 초장거리 포탄이다.

만약 그 괴물 포탄까지 동원한다면, 자신들이 1962년 기습으로 빼앗은 아커싸이친 지역은 물론이고, 더한 대가를 치러야 할지도 몰랐다.

서부전구 사령관들은 골치가 아파졌다.

대책을 세우려 해도 앞이 보이지 않았기 때문이다.

〈9권에 계속〉

www.b-books.co.kr